光文社文庫

長編時代小説

こおろぎ橋

研ぎ師人情始末㈩
決定版

稲葉　稔

光　文　社

※本書は、二〇〇九年十二月に光文社文庫より刊行した作品を、文字を大きくしたうえでさらに著者が加筆修正したものです。

目次

尾張殿屋敷
市谷
早稲田村
江戸川
音羽
護国寺
江戸川橋
至板橋宿
大塚
巣鴨
赤城明神
御納戸町
神楽坂
石切橋
若宮八幡宮
切支丹坂
御薬園
日光御成街道
中山道
小日向馬場
番町
牛込御門
傳通院
小石川
田安御門
神明宮
白山
元飯田町
小石川御門
水戸徳川家
駒込
清水御門
春日町
水道橋
千駄木
神田川
本郷
根津権現
道灌山
霊雲寺
池之端七軒町
池之端仲町
福成寺
根津門前町
日暮里
神田明神
根津宮永町
湯島天神
不忍池
鍛冶町
昌平橋
湯島切通町
弁天
筋違御門
明神下
上野元黒門町
仁王門前町
根岸
谷中
内神田
外神田
下谷広小路
東叡山寛永寺
和泉橋
佐久間河岸
神田佐久間町
下谷金杉町
通油町
豊島町
御徒町
下谷山崎町
新シ橋
向柳原
通塩町
柳原土手
左衛門河岸
三味線堀
広徳寺
下谷竜泉寺町
横山町
同朋町
両国広小路
平右衛門町
元鳥越町
幡随院
米沢町
浅草橋
茅町
猿屋町
甚内橋
薬研堀
両国橋
柳橋
阿部川町
新吉原
御蔵前片町代地
新堀川
日本堤
尾上町
駒留橋
大川
東本願寺
回向院
首尾の松
御米蔵
堀田原
浅草寺
日光道中
小塚原
亀沢町
元旅籠町
御厩河岸之渡し
浅草広小路
奥山
浅草
一ツ目之橋
御竹蔵
諏訪町
山谷町
駒形町
雷門
浅草観音
二ツ目之橋
駒形堂
新鳥越橋
山谷堀
南割下水
浅草
花川戸町
緑町
吾妻橋
本所
竹町之渡し
今戸橋
今戸町
白鬚之渡し
竪川
竹町
中之郷
揚場
瓦町
源森橋
三ツ目之橋
中之郷
向島墨堤
北割下水
源森川
小梅村
三囲稲荷
長命寺
木母寺
北辻橋
大横川
法恩寺橋
中之郷八軒町
寺島村
新辻橋
業平橋
亀戸村
小梅村
四ツ目之橋
押上村
天神橋
十間川
柳島村
亀戸天神

天現寺
渋谷川
今井谷
元赤坂町
四谷御門
伝馬町
平河町
麻布新町
善福寺
六本木
赤坂
氷川明神
四ノ橋
古川町
仙台坂
新網町
飯倉片町
市兵衛町
赤坂御門
市谷御門
麹町
溜池
三ノ橋
二ノ橋
一ノ橋
中之橋
千鳥ヶ淵
芝車町
三田町
赤羽橋
半蔵御門
西之御丸
虎之御門
至品川宿
増上寺
新シ橋
外桜田御門
雉子橋御門
江戸城
和田倉御門
一橋御門
幸橋
土橋
南町奉行所
金杉橋
芝
数寄屋橋御門
北町奉行所
汐留橋
呉服橋御門
神田橋御門
常盤橋御門
道三堀
三十間堀
銀座町
竜閑橋
金杉川
濱御殿
木挽町
数寄屋町
一石橋
本石町
今川橋
京橋
本材木町
駿河町
西本願寺
白魚橋
日本橋
魚河岸
大伝馬町
小伝馬町
楓川
江戸橋
八丁堀
弾正橋
海賊橋
東堀留川
亀島橋
組屋敷
八丁堀
霊岸橋
日本橋川
小網町
照降町
葺屋町
菊之助の長屋
中之橋
稲荷橋
亀島川
住吉町
竈河岸
一ノ橋
新川
箱崎橋
難波町
久松町
高橋
鉄炮洲
行徳河岸
高砂橋
二ノ橋
船番所
箱崎町
箱崎川
浜町堀
佃島
霊岸島
霊岸島銀町
石川島
大川端
永久橋
永代橋
熊井町
万年橋
新大橋
佐賀町
今川町
上之橋
大島町
黒江町
緑橋
万年町
海辺大工町
六間堀
江戸湊
油堀
材木町
弥勒寺
永代寺
富岡橋
仙台堀
弥勒寺橋
越中島
蓬莱橋
海辺橋
高橋
北森下町
富岡八幡宮
深川元町
三十三間堂
亀久橋
霊巌寺
小名木川
雲光院
深川
洲崎
新高橋
扇橋
猿江橋
南辻橋
西
北
東
南
0
1km
御材木蔵
猿江町
清水橋

「こおろぎ橋　研ぎ師人情始末（十二）」　おもな登場人物

荒金菊之助……日本橋高砂町の源助店に住む研ぎ師。父親は八王子千人同心だった。

横山秀蔵……南町奉行所臨時廻り同心。菊之助の従兄弟。

志津……菊之助の妻。小唄の師匠。

次郎……本所尾上町の回向院前にある備前屋の次男。菊之助と同じ長屋に住み、たまに秀蔵の手伝いをしている。

寛二郎……秀蔵の小者。

五郎七……秀蔵の手先。

甚太郎……秀蔵の小者。

牛山弓彦……菊之助が八王子にいた頃、剣術指南を受けていた門下生。

牛山幸江……牛山弓彦の妹
お駒……八王子から江戸へ出てきた娘。幸江の幼馴染み。

鳥居定斎……南町奉行所出入りの絵師。

八木勇三郎……若年寄の下総国生実藩藩主森川内膳正家臣。

こおろぎ橋――〈研ぎ師人情始末〉(十二)

第一章　来客

一

ひぐらしの声がめっきり聞かれなくなったころから、雨の日が多くなった。その日も、昨日からの雨が降ったりやんだりを繰り返し、ときおり雨雲の隙間《すきま》から日がのぞくという按配《あんばい》だった。

熟した渋柿の葉に、小さな雨蛙《あまがえる》がしがみついていた。

こんな時期に……雨蛙……。

お駒《こま》は可愛い雨蛙を人差し指の腹で、そっと触ってみた。雨蛙は逃げもせず、じっとしているだけだった。

「蛙ちゃん……雨蛙ちゃん……」

お駒は、絵師・鳥居定斎《とりいじようさい》の声音《こわね》を真似て雨蛙に呼びかけた。それでも雨蛙はじっとしている。まるで、わたしみたいだとお駒は思った。

もう一度、雨蛙の背中を白魚《しらうお》のようなほっそりした指先で触れてみた。今度は少しだけ動いた。

お駒は、はっと目を見開いた。これもわたしと同じだと思った。

絵師の定斎は、お駒を「ちゃん」づけで呼ぶ。まるで子供をあやすようにいいつける。

「そのままだよ。動いちゃだめだよ。じっと動かないでおくれ。そのう〜ん、それじゃ色っぽくないね。こうしようかといって、絵筆を置いてお駒のそばにやってくると、少し落とし気味の襟《えり》をさらに大きく落とす。

「そうそう。お駒ちゃんは、きれいなんだから、白くて肌理《きめ》の細かいその肌を惜しむことはない。わたしがもっともっときれいに描いてあげるから……さ、こうしよう」

そういって、お駒の背中がいっそう見えるように長襦袢《ながじゆばん》を下げる。ついでに、ついと指先でお駒の肌に触れる。

そんなとき、お駒は決まって、ビクッと体を動かす。

「なにもしやしないよ。動かないでおくれ、そうそうそのままだよ。お駒ちゃんは、日《ひ》の本一《もといち》のモデールなんだからね」

　定斎にあやされるようにいわれるお駒は、いいつけを守って動かない。長襦袢の片肌を脱いで背中をさらした、しどけない姿勢を保ちつづける。

　最初、「モデール」といわれたとき、何のことだかわからなかった。きょとんとすると、定斎は自分の絵の見本になる人をそう呼ぶんだという。

「オラーンダではモデールというであろう」

　ははあ、そうだったかと、ずいぶん間抜けな話だが、お駒はそのときになってはじめて気づいたのだった。

　じつは長崎屋《ながさきや》で同じ仕事をしたことがある。長崎屋とは、長崎に駐留している阿蘭陀人《オランダじん》が四年に一度、江戸参府《さんぷ》のおりに宿泊する旅籠《はたご》である。そのために、江戸っ子は長崎屋とはいわずに、阿蘭陀宿《おらんだやど》と呼ぶことが多かった。

　その長崎屋での仕事が〝モデール〟だった。日本の女性をぜひ描きたいという赤毛で赤ら顔の絵師から求めがあり、偶然近くの店に奉公していたお駒が目に留まったのだった。

　そのとき、やたら発音しにくいオーフェルマウスという絵師が、「よいモデール、よいモデール」といって嬉しそうに破顔《はがん》していた。

さっぱり意味がわからないので、お駒はいつも決まったように、含羞《がんしゅう》ある笑みを浮かべていただけだった。

それにしても……と、思う。

絵師は誰でも、肌をさらした裸に近い絵を描きたがる。オーフェルマウスも定斎もそうだ。筆の運びや色彩はまったく異なるけれど、二人とも取らせる姿勢はほとんど似ている。それに、二人ともなんとなくいやらしい。

オーフェルマウスにいたっては、全裸になってほしいと、まるで日本人のように畳に額《ひたい》をすりつけて懇願する始末だった。もちろん、お駒は断った。

その点、定斎はよくわきまえているが、似たところはある。なるべくモデールを薄着にしたいという魂胆《こんたん》がありありと見える。腫《は》れ物に触るような触れ方をするが、それにもいやらしさが少なからず感じられる。だが、一線を越えることがないので、お駒は求めに応じているだけだった。何といってもモデールの代金は悪くない。

それが、モデールを引き受ける一番の理由だった。

雨蛙から目をそらしたお駒は、傘を傾けて、しとしとと雨を降らせつづける空をあおいだ。

……明日も雨かしら、と思う。

空は鼠《ねずみ》色の雨雲に覆《おお》われたままだ。雨のやむ気配はない。

ふっと吐息をついて、お駒は家路を急いだ。雨つづきのせいで、道はぬかるんでいるし、あちこちに水溜まりができている。

裾《すそ》を端折《はしょ》り、細くて白い脹《ふく》ら脛《はぎ》をさらして歩く。下駄《げた》を履《は》いているが、鼻緒《はなお》はじゅくじゅくに水を吸っていた。

それにしても、定斎の家は遠い。自分の家からだと、半里《り》（約二キロ）以上はある。八丁堀《はっちょうぼり》の定斎の家を出たのは、夕七つ（午後四時）ごろだった。日本橋《にほんばし》そばの茶店で、雨宿りついでに団子を食べたせいか、帰りが遅くなった。早く帰ったところで、誰かが待っているわけではないが、あたりは暗くなっている。もう七つ半（午後五時）を過ぎているかもしれない。

お堀端に出て、鎌倉河岸《かまくらがし》を素通りし、俎橋《まないたばし》を渡って元飯田町《もといいだまち》に入った。住まいは、こおろぎ橋こと堀留橋《ほりどめばし》のそばにある。長屋の路地に入ると、闇が迫っているように暗かった。

雨のせいで出職《でしょく》の職人連中は、仕事にあぶれて昼間から酒を飲んでいるらしいが、どの家も戸を閉めているので、わりと静かだ。もっとも、めっきり涼しくなってきたので、天気がよくても戸を開け放している家は少ない。

お駒は傘をたたんで、雨のしずくを払い落とし、戸を開けて家のなかに入った。と、足許《あしもと》の三和土《たたき》に、一揃《ひとそろ》いの草履《ぞうり》があった。はっとなって顔をあげると、暗い家のなかに人の気配があった。

「……誰？」

暗がりなので、相手の顔はよく見えなかった。

「さあて、誰でしょ」

相手はかすれたような低い声を漏らした。ややもすれば、雨音でかき消されそうな声だった。お駒の背筋に悪寒《おかん》が走った。

「戸を……」

相手は首を振って戸を閉めろと合図した。お駒は逃げだしたい恐怖に駆られたが、なぜか意に反して、相手の言葉にしたがった。戸を閉めたので、雨音が弱まった。

「だ、誰ですか……」

「ふふっ……」

相手は上体を折るようにして顔を見せた。だが、その顔は頭巾に包まれていた。

「はっ、あんたは……」

頭巾の目許にかすかな笑みが浮かんだ。

「どうにもねえ」

相変わらず、声はひそめられたままだ。だが、そのことがかえってお駒の恐怖を駆り立てた。

「何の用です」

「そんなつれないことを。……雨のなかをやってきたというのに……」

「帰ってください」

相手につられたように声は小さかったが、お駒はぴしゃりといってやった。とたん、相手は浮かべていた笑みを、砂に水が吸い込まれるように消した。その目が暗がりのなかで、針のような光を散じた。

「おまえ……」

二

お駒は住んでいる作兵衛店《さくべえだな》でも、以前勤めていた本石町《ほんごくちょう》一丁目の搗《つ》き米屋《ごめや》〈萬《まん》石《ごく》〉でも、その近所でもちょっとした評判の娘だった。

八王子《はちおうじ》の田舎から出てきた娘にしては、どこかあか抜けており、その辺の女奉公人より一枚格上に見られていた。お駒の美貌《びぼう》もあるが、そのことを鼻にかけない天性の明るい性格と、礼節をわきまえた人当たりのよさゆえだろう。

もっとも、女のなかにはお駒をやっかんで、あんな小娘のどこがいいのかわからないという者もいたし、わざと意地悪をする女もいたようだが、当の本人はそんな女を相手にしないし、軽くいなすという処世術《しょせいじゅつ》を知らず知らずのうちに身につけていたので、評判を落とすことはなかった。

老いも若きも関係なく、お駒を知った男連中は、さかんにもてはやしたり、褒《ほ》めちぎった。勤め先の萬石の主《あるじ》も、お駒がやめるときには、袖をつかんで頭を下げ、給金を弾むから、もう少しうちの看板娘になっていてくれと懇願したほどだ。

それでもお駒は首を縦に振らなかった。だからといって、萬石の主・惣八《そうはち》の不《ふ》興《きょう》を買ったわけではない。

「さすが、できた女は違う……」

と、腕を組んで褒めたほどだった。

同じ長屋の住人も、

「お駒ちゃんはほんとできた女だよ」

「あの子はきっと玉《たま》の輿《こし》に乗るよ」

などと噂をしていた。

長屋の若い男連中はその点、露骨《ろこつ》だったかもしれない。

「一度でいいから、お駒のあれを拝みたいものだ」

「そうそう、あの白いすべすべの肌に、いっぺんでいいから吸いつきてえなあ」

鼻の下を伸ばして、そんなことをいう者は少なくなかった。

色白の瓜実顔《うりざねがお》に、細すぎない切れ長の目、通った鼻筋、やや小振りながら魅力的な厚みを持った唇。美人はともすれば冷たく見えがちだが、お駒は愛らしさのなかに、鼻につかない色気を漂わせる程度だし、生来《せいらい》の親しみを感じさせる明るさがあった。

難点は小柄だったということだろうか。しかし、小柄なりに均整の取れた体つきをしていた。キュッと締まった足首に、細い脹《ふく》ら脛《はぎ》。胸は十分にこんもりして、腰は羨《うらや》ましいほどくびれていたのだ。出るところは出て、引っ込むところは引っ込んでいる凝脂《ぎょうし》に満ちた肢体《したい》であった。

「あんた、ため息が出るほどなんだからねえ。お駒ちゃんの裸ったら、女のあたしでさえ見惚《みと》れるほど美しいんだからね」

と、同じ長屋に住む女房が風呂帰りにいったことがある。

そのことがますますお駒人気に拍車をかけて、湯屋をのぞこうとして、屋根から落ちた職人が出たほどだ。

お駒を好きになるのは男や女だけではない。長屋の子供たちも、

「お駒さん、お駒さん」

といって慕うのだ。

お駒も子供が好きらしく、飴《あめ》や菓子をあげたり、いっしょになって無邪気に遊び相手になったりする。

「おいらのおっかさんが、お駒さんだったらよかったのにな」

という男の子もいた。翌日、その子はおっかさんに拳骨《げんこつ》をもらって、べそをかくという災難に遭いはしたが……。

雨がやんだのは、お駒の家に思いもよらぬ客があった翌日の昼前だった。

お米《よね》婆さんは、井戸端で腰をたたきながら雨あがりの空を見て、

「ああ、やっと晴れてくれたかい。秋はこうでなくっちゃねえ」

歯の抜けた顔は、六十歳という実年齢より十歳は老《ふ》けて見えた。

「ささて、今日は買い物でも行ってみるかい」

誰に話しかけるともなく、独《ひと》り言《ごと》をいいながら自分の家に引き返した。同じ長屋の女房とすれ違うと、

「よかったねえ、雨がやんで……」

と、声をかけた。

「ようやくうちの亭主も仕事に行きましたよ。雨つづきだと、地面は湿るが、おれは干上がっちまうなんて、そんなことばかりいってたけど、もうそれも終わりにしてもらいたいもんです」

「誰が何ていったんだい？」

お米婆さんは、歯が抜けているばかりでなく、耳も遠くなっていた。

「うちの亭主ですよ」

「ああ。あんたの亭主かい。そりゃ、なによりだったねえ」

あまり答えになっていないことをいって、お米は自分の家の戸に手をかけたが、はす向かいのお駒の家の戸が閉まっているのを見て、おかしいなと、首をかしげた。

お駒はお米より早起きである。ときどき、どぶの掃除をしたり井戸のまわりを掃《は》いていたりする。お米はそんなお駒に常から感心しているし、

「お婆さん、お婆さん」

といって親しく声をかけて、茶請《う》けを持ってくることもある。

亭主を一年前に亡くしたお米は寂しい独り暮らしだから、そんなふうに親しげに声をかけてこられると嬉しいし、お駒のことを自分の孫娘のように可愛く思っていた。

「なんだい、めずらしく寝坊かい。若い娘の独り暮らしは気楽だねえ。……あ、そうだ。年は違うけど、あたしも同じようなものだね」

ぶつぶついいながら三和土に入って、もう一度、お駒の家を振り返った。

ひょっとすると、寝過ごしているのかもしれない。大事な約束のある日だったら、困ったことだ。起こしてやろうか……。

お米は親心を出して、敷居をまたぎなおしてから、お駒の家の戸をたたいた。

「お駒さん、お駒さんや……まだ寝ているのかい」

「……」

返事はない。

「お駒さんよ。どうしたんだい」

ひょっとして風邪でも引いているのかもしれない。雨つづきだと体調を狂わせることがある。長生きしているお米は、気を回して心配した。

「お駒さん、いないのかい？」

そういって戸に手をかけると、するりと横に開いた。

お米は暗い家のなかにしょぼしょぼと目を凝《こ》らして、首をかしげた。上がり框《かまち》の先に黒い影となったものが横たわっている。お米にはそれが布団《ふとん》に見えたが、三和土に足を踏み入れてギョッと目を剝《む》いた。

「あっ、あっ、あ……た、大変だよー！　誰か！　誰かー！」

お米はしわがれ声を張りあげた。

三

朝のうちは雨だったが、昼を過ぎて青空がのぞくようになった。荒金菊之助《あらがねきくのすけ》が仕事場にしている長屋にも、日の光が射していた。

その仕事場へひょっこり遊びにやってきた大工の熊吉《くまきち》が、上がり框に腰掛けて、さっきから雨を呪うようなことをいっている。

「菊さんはいいよな。雨なんかちっとも関係ねえんだからよ。見てくれよ、この空を……まったくいやンなっちまうよ。こんなことなら普請場《ふしんば》に行って、雨のあがるのを待ってりゃよかった」

「雨があがるなんて誰も思っちゃいなかったさ、あんなひどい降りだったんだ」

菊之助は研《と》ぎ終えた包丁を晒《さらし》でくるみ、脇に置き、砥石《といし》を片づけにかかる。

「今月仕事に出たのは数えるほどしかねえんだ。お天道様《じんと》を恨みたくなるね。家にいりゃ、なにかと嬶《かかあ》はうるせえし、二言目には稼ぎがないんだから酒なんか飲むんじゃないよときやがる。こちとら好きで仕事休んでるわけじゃねえってえのに、まったく女ってやつは勝手なことばかりぬかしやがる」

熊吉は太い垂れ眉を上下に動かしたり、無精髭《ぶしょうひげ》を抜いたりする。表情の豊かな男で、落ち着きがない。膝にのせた片足をさっきから貧乏揺すりさせていた。

「また喧嘩《けんか》でもしたか……」

「ふん、犬も食わねえってやつさ。相手したかァねえが、あんまりうるさくいわれると、おれも黙っていられなくなっちまうからな。その点、菊さんのおかみさんは、よくできてるよ。お志津《しづ》さんの爪の垢《あか》でも煎《せん》じて、うちのやつに飲ませてえぐれえだ」

熊吉の愚痴《ぐち》は延々とつづく。菊之助は半分聞き流しながら、片づけをする。半挿《はんぞう》の水を捨て、空《から》になった盥《たらい》を裏返しにする。研ぎ終えた包丁をひとまとめにして、急ぐ必要のない包丁を脇に置いて手拭いをかける。

「……しまいにゃ洗濯ができねえっておれに八つ当たりだ。洗濯ができねえのは雨つづきだからしようがねえことだ。あたるなら空にあたれといってやると、空にどうやってあたるんだい、そんなことができるなら教えてくれときやがる。まったく家にいるだけで、むしゃくしゃしちまう。なんだ菊さん、もう終わりかい」

「そろそろ引きあげだ」

「だったら酒でも飲みに行こうじゃねえか」

「そんなことしたら、またおつねさんに角《つの》が生《は》えるぞ」

「生えたってかまうもんかい。なに、酒飲むぐらいの金はあるから心配するな。なにもたかろうってんじゃねえんだ」

「せっかくだが、今日は遠慮しておくよ。客が来ることになってるんだ」

そんな予定はなかったが、断る口実だった。

「ちッ、しようがねえな。それじゃ、ひとりでかっくらってくらあ」

熊吉はよっこらしょと、かけ声を出して立ちあがった。

「飲みすぎるんじゃないぞ」

「わかってるよ」

熊吉が出てゆくと、急に静かになった。元気のいい子供たちが、ぱたぱたと草履の音を立てて路地を走り抜けてゆく。井戸端で洗濯をしている女房連中の笑い声が聞こえた。

菊之助は三和土に下りて雪駄《せった》に足を通し、敷居をまたいだ。戸口横に掛けている看板が曲がっている。いつも掛けっぱなしの看板である。風のいたずらなのか、子供たちがさわるのか、いつの間にか斜めになっていることが多い。

菊之助はその曲がりをなおす。看板には、「御研ぎ物」と大きく書かれており、その脇に「御槍　薙刀《なぎなた》　御腰の物御免蒙《こうむ》る」と添え書きされている。この長屋に越してきて、研ぎ師をはじめてしばらくしたとき、お志津が作ってくれたものだ。字もお志津が書いたのだった。まさか、その女と同じ屋根の下に暮らすようになるとは思わなかったが、人生とは面白いものだと、菊之助は苦笑を浮かべた。

「荒金さまですね」

看板をなおしたとき、背後からそんな声がした。菊之助が振り返ると、見知らぬ男が立っていた。よれた着物に、乱れた総髪《そうはつ》、無精髭……。腰に大小を差しているから、侍《さむらい》に違いないが、覚えはなかった。

はて、誰だろうかと首をかしげると、

「覚えていらっしゃいませんか」

と、男はいって一歩近づいてきた。

「藤原《ふじわら》道場でご指南いただいておりました牛山弓彦《うしやまゆみひこ》でございます」

そう名乗った牛山は、日焼けした顔のなかにある目を大きくする。

「……牛山……藤原道場の……」

「そうでございます。もう十年はたつでしょうか……」

「牛山といえば、牛山錬太郎《れんたろう》さんの息子さんの……」

「さようです。その倅《せがれ》の弓彦でございます。覚えておいででしたか」

「ああ、しばらくだな。こんなところにいかがした」

武士言葉で応じた菊之助は、ようやく記憶を蘇《よみがえ》らせ、なつかしそうに牛山を眺めた。

「いろいろとわけがありまして……とにかくひょんなことで変わった研ぎ師が、

あ、これは失礼しました。その荒金菊之助という研ぎ師がいると耳にしまして、ひょっとすると、あの荒金さんではないかと思い、会いに来た次第でございます」

「そうであったか。とにかく、ここで立ち話もなんだ、話を聞こうではないか」

菊之助は南側筋にある住居に牛山を案内した。

さきほど熊吉に、来客があるのを口実に酒には付き合えないといったが、嘘ではなくなった。

「お志津、昔の知り合いだ。牛山弓彦という。これはわたしの連れ合いだ」

家に帰って、お志津に牛山を紹介した。

「わたしのことを偶然《たまたま》耳にしたらしく、会いに来てくれたのだ」

「まあ、そうでございますか。どうぞおあがりになってください」

そういって腰を折ったお志津の視線が、牛山の足許《あしもと》で一瞬止まった。それに気づいた菊之助も牛山の足を見た。すり切れた雪駄からのぞく指は、真っ黒に汚れていた。爪にはひどく垢がたまっている。

「いま、濯《すす》ぎをお持ちしますので……」

お志津が急いで台所に下がると、ものめずらしそうに家のなかを見ていた牛山

が、

「立派なお住まいですね」

と、感心したようにいう。

「それに、奥方はとてもお美しい方で……」

「ま、いいから。足を拭いておあがり」

お志津が足拭きの雑巾と盥を持ってくると、牛山は丁寧に足を洗ってから、居間にあがってきた。

「ほんとにご無沙汰《ぶさた》をしております」

「うむ、本当に久しぶりだな」

菊之助はあらためて牛山を眺めるように見た。

以前、菊之助は八王子にあった藤原道場で師範代を務めていた時期があった。牛山はそのころの門下生のひとりだったのだが、まだ十五、六の少年だったはずだ。

「あのころに比べると、ずいぶん大きくなったな」

「これはすみません。どうぞおかまいなく」

牛山はお志津から茶を受け取って、そういった。

「それで、わたしの話をどこで聞いたのだ」

菊之助はお志津が運んできた茶を口にして訊《たず》ねた。

「竈河岸《へっつい》の飯屋で偶然耳にしたんでございます。それで名前が同じなので、もしやと思った次第です。すると、やはりそうでした」

「そうか、竈河岸で……」

「刀を捨てられたのですか？」

牛山は身を乗りだすようにして聞く。

「そういうわけではないが、禄がなければ働くしかないであろう」

「はあ、ごもっとも……」

「それで江戸には何をしに？　八王子にいたのではないのか……」

牛山は膝許に視線を落とし、しばし躊躇《ためら》ったのちに顔をあげた。

「わたしは浪人になったんでございます」

四

「役目を解かれたと申すか」

菊之助は牛山をまっすぐ見た。

「解かれたのではありません。父の跡を継ぐことができなかったのです」

菊之助は眉宇《びう》をひそめた。

牛山弓彦の父・錬太郎は、八王子千人同心《せんにんどうしん》を統率する十人の千人頭《がしら》のひとりだった。菊之助の父は、十三俵一人扶持《ぶち》の平同心《ひら》だったから大違いである。平同心は平時は百姓仕事をするという半農半士、つまり郷士《ごうし》身分である。

しかし、千人頭は二百石《こく》から五百石の知行地《ちぎようち》を与えられる旗本《はたもと》である。通常、旗本の家に生まれれば、家督《かとく》を相続することになる。もっとも、長男でなく次男、三男であれば、その限りではないが、牛山弓彦は長男だった。

「父は五年前、日光勤番《にっこうきんばん》を仰《おお》せつかり八王子から日光に移ったのですが、そこで……」

言葉を切った牛山は、お志津を気にした。

「お志津、席を外してくれぬか」

気を利《き》かして菊之助がいうと、お志津は黙って台所のほうへ下がった。

「何かあったのだな」

「はい。日光勤番に就いたのはいいのですが、そこで腹を切って自害したのです」

「……何故《なにゆえ》？」

菊之助は目を瞠《みは》った。牛山は悔しそうに唇を嚙んでから話した。

「日光奉行配下の公事方《くじかた》役人の不正が目に余ると憤《いきどお》り、刃傷《にんじよう》に及んだようです。相手の怪我は大したことなかったのですが、刃傷に及んだ場所が権現《ごんげん》さまの境内でした」

徳川家康《とくがわいえやす》を祀《まつ》ってある東照宮《とうしようぐう》内での刃傷は御法度《ごはつと》である。

「父はあとになってそのことに気づいたようですが、ときすでに遅く、日光奉行の裁きを受けなければなりませんでした。しかし、父はその前に御奉行に訴状を残して自害したのです」

「……そうであったか」

詳細はわからないが、逃げようのないしくじりとしかいえない。

「父が間違って刃傷に及んだとは思えませんが……もはやどうすることもできず」

「母上はご健在か？」

「いいえ……」

牛山は首を振って、父のあとを追って自害したといった。

「家はどうなった?」

もう聞くまでもないことではあったが、聞かずにはおれなかった。

「父の一件で、取り潰《つぶ》しになりました」

つまり家屋敷はおろか知行地も没収されての、御家断絶《おいえだんぜつ》ということである。

「悲運であったな」

他にいうべき言葉が見つからなかった。菊之助は茶に口をつけてから言葉を足した。

「それで、いまは何を……」

「はい、親戚の家で手伝いをしたり……道場で稽古をつけたり……」

牛山は歯切れ悪くいう。

しばらく気まずい沈黙が漂った。台所にいたお志津が、酒を買ってくるといって家を出ていった。すでに日が翳《かげ》り、家のなかがほの暗くなっていた。

「江戸には何をしに来たのだ。仕事でも探しに来たのか?」

「仕事は……そうですね。もはや仕官《しかん》の道は断たれておりますので、何か考えなければなりませんが、じつは父の一件があって家を飛びだした妹がいます。その妹を捜しにまいったのです」

「江戸にいるのか？」

「はい。働いているはずですが、どこにいるのかわからないのです」

「すると、そなたには何も告げずに家を出たきりということか……」

「さようで……。あのころはわたしも荒れておりましたし、妹もわたしにあきれていたのでしょう。便りを待っていたのですが、それもありませんで……」

「それでは、どこで何をやっているかわからぬではないか」

「いえ、それが手掛かりはあるのです」

「……」

「半月ほど前のことでした。幸江《さちえ》の……あ、妹は幸江と申しますが、その幼友達が江戸に来たおり、偶然幸江と会ったそうなのです。幸江はそのとき、自分は元気にしているので心配はいらないが、わたしが改心して真面目に働いているのなら、一度会いに来てほしいと言伝《ことづて》を頼んだそうなのです」

「それじゃ、住まいがわかっているのではないか……」

牛山は首を横に振った。

「友達には住まいを打ち明けておりませんでした。ただ、わたしが元気で真面目な暮らしをしているなら、こおろぎ橋で待っているということでした」

「こおろぎ橋……ああ、堀留橋だな」

「さようです。それで今日、その橋に行ってまいりました。江戸のことは疎《うと》いので探すのに難渋《なんじゆう》しましたが……」

「会えたのか?」

「いいえ、朝からずっと待ちつづけておりましたが……。また明日出直そうと思い、このあたりを歩いているうちに荒金さんの名を耳にいたしまして……」

「なるほど、そうであったか……。それで、宿は?」

「通旅籠町《とおりはたごちよう》に安い宿がありましたので、そこにおります」

「ここからそう遠くないな。それじゃ、明日会えるとよいな」

「はい。会ったら不様《ぶざま》な自分のことを謝り、できることなら八王子に連れて帰ろうと思います。何しろわたしにとって唯一の身内ですから……」

「ふむ。どうだ、せっかくだから飯を食っていかぬか。積もる話もあるし、もっとそなたの話を聞きたい」

「お邪魔でなかったら、遠慮なく甘えさせていただきます」

「遠慮などいらぬ」

その夜、お志津の手料理と酒で、牛山の口は軽くなった。

菊之助が知っている牛山は、まだ少年に毛の生えたような男だったが、もう二十五歳になっていた。藤原道場を菊之助が去ったあと、腕をあげたらしく免許をもらっていた。しかし、その腕の使い道はなく、また家が改易《かいえき》になっているので仕官の口もない。

親戚の家で仕事の手伝いをしているといったが、それは単なる食客《しょっかく》でしかなかった。

「妹を連れて帰るというが、食い扶持はいかがするのだ。いつまでも親戚の世話になっているわけにはいかぬだろう」

菊之助は牛山の将来を心配した。

「妹は嫁がせようと思います。その口もあるのです」

牛山は酒で顔を真っ赤に火照《ほて》らせていた。

「でも、妹さんが納得されるような方なのでしょうか?」

話を聞いているお志津も心配のようだ。

「もちろん、妹次第ではありますが……」

「まあ、そうであろう。だが、妹御が目出度《めでた》く嫁いだとしても、おぬしはどうする？」

　菊之助は酒が入ったこともあり、砕けた呼び方に変えていた。

「わたしは長崎に行こうと思います」

「長崎……」

　菊之助とお志津は顔を見合わせた。

「他言《たごん》されては困るのですが、荒金さんには正直に申します。家が取り潰される前、じつは母が貯《たくわ》えていた金があります。決して多くはありませんが、その金で学問をしようと思うのです」

「どのような学問を……」

「医学です。長崎には阿蘭陀からやってきたすぐれた医者がいるといいます。その医者に教えを請《こ》い、医をもって人のために働きたいと考えています。過日、医学を勉強している高野悦三郎《たかのえつさぶろう》という男に会い、これからは医学で国のため人のために働かないかと持ちかけられ、いたく感心しているのです。その高野は、長崎に行って進んだ蘭医《らんい》に師事《しじ》するのが一番だと申します」

　高野とは、長英《ちょうえい》のことである。

「立派な志《こころざし》だな。そういうことならぜひやってみるべきだろう」

菊之助が感心していうと、牛山はふっと頬をゆるめ、

「そういっていただけると、わたしもますますやる気が起きます」

と、勢いよく酒をほし、突然の訪問を詫び、馳走《ちそう》になった礼を丁重に述べた。

「牛山、明日は妹御に会えるとよいな」

菊之助は長屋の表まで見送ってそういった。

「はい、明日には八王子に連れて帰りたいと思います。今日は荒金さんにお会いでき、本当に嬉しゅうございました。つぎはいつ会えるかわかりませんが、どうかお達者で……」

牛山は菊之助に一礼すると、お志津にも再度礼をいって頭を下げた。

「牛山……これは心ばかりの餞別《せんべつ》だ」

菊之助が餞別を渡そうとすると、牛山は強く固辞《こじ》した。

「いいから、遠慮はいらぬ。何かの足しにすればよい」

菊之助は強引に牛山の懐《ふところ》に餞別をねじ込んだ。

「申しわけございません。それでは遠慮なく頂戴します」

牛山は深々と頭を下げて、通旅籠町のほうに歩き去った。

「明日、会えるといいですわね」

お志津が牛山の後ろ姿を見ながらつぶやいた。

五

久しぶりに晴れた空を、日当たりのよい縁側でのんきに眺めていると、いつものように例の野良猫がやってきた。垣根の破れ目から小さな屋敷に入ってきて、餌《えさ》をねだるのだ。

「お、また来たか」

鳥居定斎は目尻にしわをよせて、声をかけた。猫は警戒心が強く、一定の距離を置いてそれ以上近づいては来ないが、腹が減っているらしく、にゃあ、と餌をねだる。

「お待ちよ。いま、うまいものをあげるからな」

定斎は鈍重《どんじゅう》そうに腰をあげると、台所に行って今朝の食べ残しの秋刀魚《さんま》の焼き物をもって戻った。猫の目がきらきら光る。

「ほれ、お食べ。怖がることはない」

猫は定斎を警戒するように、用心深く近づき、踏み石に置いた秋刀魚をくわえて、庭の隅に駆けていった。一度、定斎を上目遣《うわめづか》いに見て秋刀魚にむしゃぶりついた。黒と茶のぶち猫だ。

「おまえはいったい、どこからやってくるのだ」

猫が返事をするわけではないが、定斎は勝手に話しかける。

「……名をつけてやるか。何がよいかな」

野良猫を見ながら考える。はたして雄《おす》であるか雌《めす》であるかわからないが、女好きの定斎は勝手に雌だと決めつける。

まっ先に浮かんだのは、蠟《ろう》のようにすべらかで白い肌を持つお駒の顔だった。くびれた柳腰にこんもりした乳房。裸にしたわけではないが、定斎には永年の経験でその形がありありとわかる。

ああ、お駒のような女を……。

しかし、年が離れすぎている。自分の年を考えると、娘……いや孫のようにお駒は若い。それでも色気はあるし、たっぷり男の気をそそる女である。

今日あたり、あの肌襦袢を脱がせてしまうか。うまく話をして謝礼の金を弾めば、お駒だって折れるかもしれない。何も手込《てご》めにしようというのではない。絵のモデールになってもらうだけだ。

高尚《こうしよう》な絵を描きたいから、脱いでくれないか。そう肩の衣を落とすだけでよいのだ。

定斎の頭のなかで、お駒が白い肌をさらし、嫣然《えんぜん》と微笑《ほほえ》む像が勝手に出来上がる。今日あたり強く押してみよう。身持ちの堅いのは悪くないが、何しろモデールなのだ。絵師の意に添うような姿態《したい》になってもらいたい。

そこまで考えて、はっと我に返った定斎は、野良猫に視線を戻した。すでに秋刀魚を食べ終え、前脚をぺろぺろ舐《な》めていた。

「駒……駒でいいではないか。そうだ、駒に決めよう。おい、駒……」

呼んでみたが、猫は知らんぷりである。

「駒、駒、駒……」

繰り返し呼んでみたが、猫はちっとも反応しない。その代わりに、

「定斎殿、定斎殿……在宅でござるか」

という男の声がした。まったく無粋《ぶすい》な声だと舌打ちをしてから、

「あいあい、わたしならおるよ」

と、声を返した。

「南番所《みなみばんしよ》の横山《よこやま》です」

なんだ、あの男かと思った定斎は、

「縁側に回ってきてくれ」

と返事をした。

すぐに枝折戸《しおりど》を開いて、南町奉行所の臨時廻《りんじまわ》り同心・横山秀蔵《ひでぞう》が、小者《こもの》の寛二《かんじ》郎《ろう》を連れて庭にやってきた。

粋《いき》な万筋《まんすじ》の着物に、紋付きの羽織、裏白の足袋《たび》に雪駄履き。剃りたての月代《さかやき》は日の光を照り返し、きりりと吊り上がった流麗《りゅうれい》な眉の下に、涼しげな目がある。いつ見ても惚れ惚れする男っぷりだ。

「なんだい、こんな早くに……」

定斎はぬるくなった茶に口をつけて聞いた。すると、目の前にすらりと背の高い秀蔵が立ち、じっと鋭い目を向けてくる。

なんだかいつもと様子が違うと思って見返すと、

「定斎殿、この家にお駒という女が出入りしていますね」

と聞く。

「うむ。出入りしておるよ。いい女でな。わたしの絵のモデールになってもらっておるのだ」

「モデル……」

秀蔵は訝《いぶか》しげに片目を細めた。

「絵を描く見本になってもらっているのだよ」

定斎はもう一度茶に口をつけて、駒と名付けたばかりの猫を捜したが、もうどこにもいなかった。警戒心が強いので、さっさと逃げたようだ。

「そのお駒が死にましてね」

ぶっと、定斎は茶を吹きこぼしてしまった。

「いま、なんと……」

定斎は目を見開いた。

「お駒が死んだのです。いや、殺されたのです」

「な、なんと……いったい誰に……」

秀蔵は食い入るように定斎を見ている。

「知らなかったのですか?」

「どうしてわたしがそんなことを知っている。それにしても、なぜそんなことに?」

「それはこっちが聞きたいことです」

秀蔵は縁側に腰をおろして、定斎に顔を向ける。

「定斎殿ではないのか……」

「なんだ、わたしを疑っておったのか」

秀蔵はそれには答えずに、問いかけてきた。

「昨日、お駒はここに来ておりませんね」

「昨日は呼んでいなかったが、一昨日《おととい》は来ておった」

「お駒が殺されたのは、その夜のようです。お駒がこの家を出たのは何刻《なんどき》ごろでした？」

「何刻……雨が降っておって暗かったから、そうだな……夕七つ（午後四時）ごろだったのではなかろうか……」

「間違いありませんな」

「嘘をついてどうする」

「定斎殿はお駒が帰ったあと、どこかへ出かけられましたか？」

「いや、どこにも出ておらぬよ。雨降りであったから、外出《そとで》は控えていた」

「まことに……」

秀蔵は疑《うたぐ》り深い目を定斎に向けた。

「やはり、わたしを疑っておるのか？」

「訊ねているだけです」

「そうは取れぬが、嘘など申すはずがない。しかし、なぜそんなことに……」

「それがわかっていれば、下手人捜しの手間が省けるというものです。とにかく殺しですから、放っておけぬのです。お駒は人に恨まれているとか、誰かにつけ狙われているようなことを話していませんか？」

「いや、そんなことはちっとも……」

「ふむ」

秀蔵は思慮《しりょ》深い目で空を眺め、つるりと顎《あご》をなでた。

「ま、よいでしょう。また来ると思いますが、定斎殿もなにか気づくことがあればわたしに教えてもらえますか……」

「そりゃ、もちろんだ」

「それじゃ、頼みます」

秀蔵はにこりともせず背を向けたが、すぐに振り返った。

「あ、もしやお駒の絵などありませんか？」

「絵……それならあるが……」

下絵は何枚もあった。

「できれば、一枚いただけるとありがたいのですが……」

「下手人捜しに役立つのであれば、一枚といわず何枚でも持って行くがよい」

定斎は座敷に戻って、お駒の絵を五、六枚つかんで秀蔵に渡した。

受け取った秀蔵は、一枚の絵をじっと穴があくほど見て、顔をあげた。

「死に顔もそうでしたが、美人ですね」

六

「無縁仏……無縁仏……可哀相《かわいそう》に……」

お米はぼんやりした顔を、飯田川《いいだがわ》に向けていた。川面は、高く晴れ上がった秋の空を映している。飯田川は江戸城にめぐらされた外堀で、もっとも北に位置する。その堀留はこおろぎ橋から北へ二町《ちょう》（約二一八メートル）ほど上った武家地にあった。

お米は、そのこおろぎ橋のそばに佇《たたず》んでいるのだった。しわくちゃの顔には悲しみの色がにじんでいた。長屋で一番慕ってくれていたお駒が、何者かに殺されたのだ。悲しまずにいられようか。

お米は枯れ枝のような指で、目ににじんだ涙をぬぐった。

町奉行所の調べでも、お駒の身内はわからなかった。どうして身内がいないのか……。天涯《てんがい》孤独だとは知らなかった。こういうことだったらもっといろいろ話を聞いておくべきだったと悔やんでも、もはやあとの祭りでどうすることもできない。

「ふう……」

お米は力のないため息を漏らした。

「おい婆さん、そんなとこで何してんだい」

こおろぎ橋を渡ってきて声をかけたのは、同じ長屋に住む大工の鉄次《てつじ》だった。

「ああ、鉄つぁんかい……」

「腑抜《ふぬ》け面《づら》して、ああ、鉄つぁんかいはねえだろう。こんなとこで何やってんだい？」

鉄次はそばに来ると道具箱を地面に置いて、座った。煙草入れを出して煙管《キセル》に火をつける。

「何もしちゃいないさ。お駒さんのことを考えていただけだよ」

「……どうしてあんなことになっちまったんだろうな」

お米は耳が遠いが、鉄次の声は大きいからよく聞き取れた。

「無縁仏になっちまったんだね」

お米は遠くを見る目をしょぼつかせていう。対岸の通りを二人連れの侍が歩いていた。路地から出てきた豆腐売りの棒手振《ぼてふり》が、水桶を置いて首筋の汗をぬぐっている。

「一季奉公《いっきぼうこう》は口入屋《くちいれや》の紹介だったたっていうからな」

「……………」

お米が黙って鉄次を見ると、煙管の灰を地面に落とした。

「口入屋に金払って頼めば、請状《うけじょう》なんてもんは簡単に作ってくれるからな。この世の中、なんでも金さ」

請状とは身許を保証する証文のことである。

「……どういうことだい？」

「請人《うけにん》がいなくても、口入屋は金次第で請人になるんだ。よそから流れてきたやつらもそうやって請状を作って江戸で奉公する。そんなやつらは掃いて捨てるほどいるさ。お米さんもそのぐらい知ってるだろう」

「……そうだったのかい。あたしゃ、ちっとも知らなかったよ」

「けッ、伊達《だて》に長生きしているんじゃねえのか。一季奉公をしているのは大方そんなやつらばかりだよ。お駒ちゃんもそうだったんだろう」

一季奉公とは、一年など一定の期間で奉公契約をすることをいう。出替《でがわり》奉公、年季《ねんき》奉公ともいい、債務を弁済するまで無償で働く質《しち》奉公と違い、雇い主と賃金による雇用関係を結ぶ。その奉公人に住まいがなければ、住み込んで働くことになるが、ときには雇い主が保証人となって、店《たな》借りをしてくれることもある。

身寄りのなかったお駒も、そうやって作兵衛店に住んでいたのだった。

「しかし、誰があんなひでえことをしたんだろうな。早く下手人が捕まらねえと、おちおち眠ることもできねえ」

「……」

「さあ、おれは帰ってひとッ風呂浴びに行くか。お米さん、あんたも早く帰って飯の支度でもしたらどうだ」

鉄次はそのまま行ってしまったが、お米はそこにいつづけた。しゃがんでぼんやり川面を眺めたり、暮れゆく空を見ていた。

そのうちだんだん日が暮れてきて、夕靄《ゆうもや》が立ち込めてきた。

あちこちから虫の声が湧《わ》いてくる。

「……また、あの侍」

お米はこおろぎ橋にやってきて立ち止まったひとりの侍を眺めた。今日は二度目である。昨日もその前の日も見かけていた。まさか、あの侍が……。

侍は誰かを待っているようだった。欄干《らんかん》に手をつき、手持ち無沙汰にあたりを見まわし、あくびをしたり、脇の下を掻いたりする。

身なりはよくないし、髭《ひげ》もあたっていず、月代も伸びていた。

いったい何をしているのだろうか？　待ち人が来ないのかしらと勝手に考えるお米は、それまでと同じように侍をぼんやり眺めていた。

町屋《まちや》にたなびく夕餉《ゆうげ》の煙が、河岸道にも漂ってきた。

それはお米がそろそろ帰ろうかと、腰をたたきながら立ちあがったときだった。

橋の上の侍が、やってきたひとりの侍に声をかけられ、しばらくやり取りをした。何をいっているのかよく聞き取れなかったが、二人は声を荒《あら》らげていると思ったら、いきなり抜刀したのだ。

お米は柳の幹に片手をかけて息を呑んだ。

第二章　画仙紙《がせんし》

一

「たしかに田舎者に違いはないが、おぬしとて江戸詰《づめ》の田舎侍であろう」

牛山弓彦は青眼《せいがん》に構えたまま静かに声を漏らした。双眸《そうぼう》を光らせ、相手を見据える。

「きさま、愚弄《ぐろう》する気かッ！」

相手は金壺眼《かなつぼまなこ》を光らせて声を張った。だが、先に刀を抜いたくせに、斬り合う気はなさそうだ。おそらく脅しをかけるつもりだったのだろう。

「愚弄したのはおぬしのほうではないか。橋の上で何をしていようが、それは拙《せつ》者《しゃ》の勝手、他人《ひと》にとやかくいわれる筋合いはない。それとも、この橋はきさまの橋だとでも申すか」

「そんなことはいっとらん！　そのようによごれた身なりで、この辺をうろついているからあやしいのだ」

「ふっ……」

牛山は引いていた足を戻し、刀を静かにおろすと、そのまま剣気を弱めて納刀《のうとう》した。相手が本気で斬り合う気がないのを見たからだった。ただし、いつでも鞘走《さやばし》らせることができるように、柄《つか》に手を置いていた。

案《あん》の定《じょう》、相手の目にホッと安堵《あんど》の色が浮かんだ。

「くだらぬことで斬り合ってもしかたなかろう。拙者は人を待っているだけだ。決してあやしい者ではない。わかったら、どこへなりとさっさと行くがよい」

「そんなことをおぬしにいわれる筋合いはない。身共《みども》がどこへ行こうが、それは身共の勝手である」

「ならば拙者がここにいるのも拙者の勝手だ」

売り言葉に買い言葉。牛山は、くだらぬと、腹の底で吐き捨てる。だが、面倒なのでいったん立ち去ることにした。

「待て」

背を向けると、すぐに声をかけられた。すでに相手も刀を納めていた。

「名は？」

振り返ると、金壺眼が聞いてきた。

「知って役に立つような男ではない。それでも知りたいと申すなら教えておこう。八王子浪人・牛山弓彦だ。おぬしは？」

「……森川内膳正《もりかわないぜんのしよう》家臣・八木勇三郎《やぎゆうざぶろう》」

「国はどこだ」

「下総《しもうさ》国生実《おゆみ》だ」

「さようか……さらばだ」

牛山はそのまま橋を渡り、歩き去った。なんだか水を差された思いだが、明日もう一度来てみようと思った。橋を渡ったとき、人の目を感じた。そっちを見ると、ひとりの老婆が目をそむけて、一方の長屋に歩いていった。

なんだか人に監視されているような気がして不快だった。しかし、そんなことより妹に会いたい。会いたいが、もうこれで何日つぶしているのだろうかと、ため息が出る。

幸江は気紛《きまぐ》れなことを友達に話したのかもしれない。まさか、自分が本当に会いに来るとは思っていないのかもしれない。だとすれば、無駄に時間を費《つい》やしているだけである。

しかし、長崎に行く前に一目会っておきたい。明日、もう一度来て会えなかったら、そのときこそあきらめよう。

牛山は踏ん切りをつけるように胸の内でつぶやき、旅籠に向かった。すでに宵《よい》闇《やみ》が濃くなっていて、少し痩《や》せた月が浮かんでいた。

二

「あいにく連れがいなくなった」

そういうのは横山秀蔵だった。

「だからなんだというのだ」

菊之助は仕事にかかろうとしていたが、出端《でばな》を挫《くじ》かれた思いだ。朝早く、秀蔵がやってくるということは、助《すけ》を頼みたいからに他ならない。

「見たところ、忙しそうでもないな」

と、秀蔵は勝手なことをいって、菊之助の仕事場を舐《な》めるように見る。

「そんなことがどうしておまえにわかる。いいたいことがあったら、さっさといえ。こちとら暇つぶしをしているわけにはいかないのだ」

さして忙しくもないが、菊之助は無愛想《ぶあいそう》に応じて、急いで研ぐ必要のない包丁をそばに引き寄せた。秀蔵の流麗な眉が、ぴくと動いた。

「ちょいと付き合ってもらいたいのだ。一日中というわけではない。半日だけ、おれに付き合ってくれないか」

秀蔵は下手に出る。二人は従兄弟《いとこ》同士であり、幼馴染みだ。もし秀蔵の父親(菊之助の母の弟)が、町奉行所同心の娘婿にならなかったら、秀蔵も菊之助と同じ道を辿《たど》っていたかもしれない。もしくは、八王子千人同心になっていただろう。

しかし、人生はわからない。父親が婿養子になったおかげで、秀蔵は半ば世襲《せしゅう》となっている町奉行所の役人になることができたのだ。しかも、秀蔵は優秀であるために、臨時廻り同心にまで抜擢《ばってき》されている。これは希有《けう》なことである。

いわゆる三廻りと呼ばれる、隠密廻り・臨時廻り・定町《じょうまち》廻りの各同心は、才気煥発《かんぱつ》で十分な経験を積んだ者が選ばれる。

「どこへ?」

菊之助は引き寄せた包丁から手を放した。

「向島《むこうじま》だ。手先はみな聞き込みにまわしちまって、あいにくおれひとりなのだ。だが、相手は一人二人じゃない。少なくとも三、四人いそうなのだ。助がいなければ、押さえることができない」

「次郎《じろう》を連れて行ったらどうだ」

「やつも聞き込みに走らせている。こんなことを頼めるのはおまえしかいないのだ。みなまでいわせるな。おれが頭を下げていっているのだ」

秀蔵は一度も頭を下げていないくせにそんなことをいう。だからといって菊之助は気にしない。とうに秀蔵の気性はわかっているし、細かいことをいっても詮《せん》無《な》いことである。

「それで、押さえたいという相手は何者だ」

菊之助が聞くと、秀蔵はにやっと笑みを浮かべる。

「堺町《さかいちょう》にある〈丹波屋《たんばや》〉という料理屋の主から金を脅し取った下衆《げす》だ」

「丹波屋といえば大きな芝居茶屋ではないか。それで、いくら強請《ゆす》られたのだ?」

「丹波屋は二十両を強請られたが、十両しか払っていない。あとの十両を今日中に払う約束になっているが、丹波屋もしたたか者で、強請りに来た下衆の仲間を昨日の夜、手代《てだい》に尾《つ》けさせている。それで下衆の隠れ家がわかった次第だ。今朝、番所に行くと上役からそのことを告げられたのだ。断るわけにはいかぬから手をつけようとしたが、すでに寛二郎らを聞き込みに走らせたあとだった」

「……半日だといったな」

「約束は守る」

「向島まで歩いてゆくのか？」

「……猪牙《ちょき》を仕立てるよ」

秀蔵はしばらく考えてからそういった。

「だったら先に舟を用意しておけ。おれは刀を取って向かう」

「困ったときの大明神《だいみょうじん》さまとはまさにおまえのことだ。いや申しわけないが、頼む。それじゃ、薬研堀《やげんぼり》に行って待っている」

秀蔵はちゃっかりしたことをいって長屋を出て行った。菊之助はそんな秀蔵にあきれるしかないが、冷たくあしらうこともできない。急いで家に戻ると、愛刀の藤源次助眞《ふじげんじすけざね》を腰に差して薬研堀の船宿に向かった。

さいわいお志津が留守をしていたので、面倒な説明をする必要がなかった。秀蔵の助働きには常に危険がつきまとう。お志津は理解を示してはいるが、決していい顔はしない。それゆえに、菊之助は余計な心配をかけないように心がけている。

薬研堀に行くと、すでに秀蔵は猪牙舟のなかに収まっていた。菊之助が乗り込むと、頬被《ほっかむ》りをした船頭が舫《もやい》をほどき、棹《さお》で雁木《がんぎ》を押す。舟はすうっと滑るように船着場を離れ、そのまま大川《おおかわ》に出た。あとは流れに逆らって上っていくだけだ。

この日も天気がよく、空には一片の雲も見られない。大川は気持ちよい秋の日射しを浴びてきらきら輝いている。

「詳しいことを聞こうか」

菊之助はどっかり舟のなかであぐらをかいて秀蔵を見る。

秀蔵は船頭に聞こえないように声を抑えて答えた。

「下衆の名はわからぬ。仲間は少なくとも三人だ。長脇差《ながどす》を差しているというから質《たち》の悪いやくざ者かもしれぬ。丹波屋の訴えは今朝あったばかりだ」

「なぜ強請られるようなことを……」

「下衆たちが女中をからかったのがもとらしい。番頭が丹波屋はそんな店じゃないので、気に入らなかったら他の店に行ってくれ、勘定はいらないからと追い出したらしい。ところが、やつらは、丹波屋の料理を食って腹を下した、丹波屋は腐ったものを出すとんでもない料理屋だという噂を立てられたくなかったら金を出せ。いやだというなら外を歩くときは気をつけろ、可愛い娘が傷物になっても知らないぞ、と脅しをかけてきた。丹波屋は脅しだとわかっていたが、やはり不安だったのだろう。自分のことはともかく、娘に万一のことがあってはたまらないと思って、とりあえず十両で話をつけたのだが、相手はそうはいかない。甘い汁をもっと吸おうと、昨夜、再度の脅しに来たというわけだ」

菊之助がもっとも唾棄《だき》する人間である。

「そのひとりを手代が尾けて隠れ家を突き止めたというわけか」

「……のようだ」

「勇気のある手代だな。それにしても卑劣な外道《げどう》だ」

「許せるやつらじゃない」

秀蔵は目に憤りの炎を見せて、遠くを見やった。

「隠れ家ははっきりわかっているのだな」

「行けばわかるだろう」

猪牙舟は吾妻橋《あずま》の下をくぐり抜け、ゆっくり遡上《そじょう》をつづける。墨堤《ぼくてい》が右手の先に見えてきた。

「……次郎たちはなんの聞き込みをしているのだ？」

菊之助は暇にあかして訊ねた。

「お駒という女が殺された一件だ。お駒は定斎殿の絵の相手をしていた女だった」

鳥居定斎のことは少なからず、菊之助も知っている。

「絵の相手とは？」

「定斎殿はお駒を描いていたのだ。〝モデール〟と定斎殿はいっていた。なんでも阿蘭陀ではそういうらしい。お駒は長崎屋に来た阿蘭陀人にも絵に描かれる女だった。その前は本石町の搗き米屋に勤めていた」

「下手人の目星は？」

「まったく……」

ついていないと、秀蔵は首を横に振って、懐から一枚の半折《はんせつ》を取りだした。

「これが定斎殿が描いたお駒だ」

菊之助は半折に目を落とした。口許に小さな笑みを浮かべた女は美人だった。

表情に翳《かげ》りがなく、見る者をほのぼのとした気持ちにさせる不思議な魅力があった。

「まだ若そうだな。年は?」

「二十歳《はたち》だというが、身許がわからぬ。殺しに凶器は使われていない。絞め殺されたというのはわかったが、下手人が男であるか女であるかは不明だ。お駒は口入屋の紹介で萬石という搗き米屋に雇われていた。請状も人宿《ひとやど》が勝手に作っていた」

「それじゃ、身寄りがなかったのか……」

「それはわからぬ」

「身内は何も知らないということか」

菊之助はため息をついた。

ほどなくして猪牙舟が墨堤下の船着場につけられた。

三

「どこだ」

先に墨堤にあがった菊之助はあたりを見まわして秀蔵に訊ねた。

「あっちだろう」

菊之助は秀蔵の指さすほうに顔を向けた。先の大雨で水に浸《つ》かった稲田もあれば、水を免《まぬか》れ黄金色に輝く稲穂が稔《みの》っている稲田もある。刈り取りの終わった田には、早くも掛け干しがあり、藁《わら》を焼いている百姓の姿も見えた。

「あっちとはどっちだ」

「いいからついてこい。やつらの隠れ家はおれの頭のなかに入っている」

そういって秀蔵はさっさと先を歩く。

墨堤には並木がつづく。これから葉を落とし、来年の春には満開の花を咲かせて人々の目を楽しませる桜だ。

秀蔵は長命寺《ちようめいじ》の北側にまわってから立ち止まった。

「手代は、小川がぶつかったところから三軒目の家だといっている。あれか……」

桜餅《さくらもち》で有名な長命寺のそばには、茶店が数軒あるが、この時期、参詣客は少ないので、いまはどの店も閉じている。

秀蔵は畦道《あぜみち》に入って、一本の小川沿いに歩き、小橋を渡った。

「その家だろう」

半町《ちょう》（約五五メートル）ほど先にいまにも傾き、崩れ落ちそうな百姓家《ひゃくしょうや》があった。腐った藁葺《わらぶ》き屋根には雑草が生えているし、雨戸も外れかかっていた。人の姿は見えない。

二人は足音を忍ばせて、その家に近づいた。戸は閉められている。雨戸も閉まったままだ。縁側に近づいて、耳をすました。

声がする。菊之助は、話し声からなかにいるのは三人だと見当をつけた。

「三人か……」

「らしいな。菊の字、丹波屋になりすませ」

秀蔵は、〝菊の字〟と呼ぶことがままある。菊之助は黙って戸口の前に立った。秀蔵が目顔で裏にまわるといって、歩き去った。

菊之助はひとつ空咳《からぜき》をして、声音を変えた。

「ごめんくださいまし。丹波屋でございます」

声をかけるなり、屋内で交わされていた話し声がやんだ。すぐに足音が近づいてきて、目の前の戸がガタピシ音を立てて開かれた。

瞬間、現れた男は菊之助を品定めするように見た。菊之助はその男から気を逸《そ》らさずに家の奥に目を向ける。やはり、三人だ。さっと、目を戻して、前に立つ男の襟《えり》をつかんで引き寄せた。

「観念しろ」

「な、なんだ、てめえ……」

男は最後まで口にすることはできなかった。菊之助の拳《こぶし》が鳩尾《みぞおち》にめり込んだからだった。そのままずるずるとくずおれて、海老《えび》のように背を曲げて転がった。

奥の居間にいた男二人がさっと刀をつかんで、

「なんだ、おめえはッ！」

と、気色《けしき》ばんだ。同時に、裏の戸が割れんばかりの音を立てて蹴倒され、秀蔵が姿を現した。

「南町奉行所だ。おめえらは袋の鼠だ。逃げられやしねえ。おとなしく縛《ばく》につけ」

そういって秀蔵が踏みだすと、さっと刀を抜いた男が撃ちかかっていった。

菊之助は足許の土間で苦しそうにうめいている男の股間を蹴りつけてから、板の間に躍りあがった。髭面《ひげづら》の男が突きを見舞ってきた。菊之助が柱をまわりこんで避《よ》けると、男は勝手に襖《ふすま》にぶつかって、目をぎらつかせた。

「野郎……」

　襖を蹴って、脇構《わきがま》えになって間を詰めてくる。背後で刃の打ち合う音がして、悲鳴ともうめきともつかぬ声がした。

「捕まってたまるかってんだ。おりゃ！」

　気合を発して男が袈裟《けさ》懸《が》けに刀を振ったが、あいにく切っ先が欄間《らんま》にあたって胴と胸をがら空きにさせた。男の顔がひきつる。菊之助はさっと間合いを詰めると、柄頭《つかがしら》で相手の顎を打ち砕いた。

「あわわー」

　男は悲鳴をあげて、板の間を転がった。菊之助は間髪《かんはつ》を容《い》れず、男の刀を奪い取るなり、片腕を背後にねじりあげて倒した。

　秀蔵は灰神楽《はいかぐら》のもうもうと立つ先で、もうひとりを押さえて縄を打っていた。

「菊之助、押さえたか？」

「ご覧のとおりだ」

　菊之助はそう応じてから、男に縄を打った。

「丹波屋から脅し取った金はどこだ」

　秀蔵が押さえた男の首をぎゅうぎゅう絞めながら聞く。

「いえ。いわなきゃ、このまま絞め殺すぜ」

男は板敷きの床を降参したというようにたたいた。秀蔵が手をゆるめると、

「そ、そこにある。返すから勘弁してもらえませんか」

と、泣き言をいう始末だ。

丹波屋から脅し取った金は十両だったが、四両しかなかった。六両は昨夜、使い果たしたらしい。

菊之助は戸口で苦しんでいる男にも縄を打ったあとで、家のなかにあった荒縄で三人をつなげて、きつく縛った。

秀蔵はその場で他の仲間がいるかどうか訊問《じんもん》したが、他にはいないようだった。

そのまま、墨堤を歩かせ、吾妻橋東詰に近い自身番《じしんばん》に三人を押し込んだ。

「おまえがいて助かった」

初めて秀蔵が殊勝《しゅしょう》な顔で菊之助に礼をいった。

「気にすることはない。こういうやつらは放っておくと、どんどんつけ上がって何をするかわからぬからな」

菊之助は自身番につながれた三人に一瞥《いちべつ》をくれて、表に出た。追いかけるように秀蔵が出てくる。

「待ってくれ」

菊之助は振り返った。

「これをおまえに渡しておく。手伝えというのではない。気に留めておいてくれるか。何か聞いたら次郎にでも言付けてくれればいい」

菊之助が受け取ったのは、舟のなかで見せられたお駒という女の下絵だった。

「手伝えといっているのと同じじゃないか」

「そうじゃない。気に留めておいてくれるだけでいい」

菊之助はあきれたように肩をすくめるしかない。

そのとき、浅草寺《せんそうじ》の時の鐘が、昼九つ（正午）を空にひびかせた。

「約束どおり半日だっただろう」

秀蔵がにやりと笑っていった。

「偶然、うまくいっただけだ。それじゃ、おれは帰る」

菊之助は懐にお駒の絵を入れて、秀蔵に背を向けた。

四

その日は昼過ぎからこおろぎ橋に立ったり、近くの茶店の縁台《えんだい》に腰掛けたりして、幸江がやってくるのを待った。

若い女を見ると、思わず腰を浮かしたり、歩み寄ったりしたが、どれも妹の幸江ではなかった。

牛山はそのたびに、がっくり肩をおとすしかなかった。

空は茜《あかね》色に染まっている。二羽の鳶《とび》が江戸城の上で、戯《たわむ》れるように飛んでいた。その近くを三羽の鴉《からす》がカアカアと、鳴き声をあげて飛び去っていった。

茶店に立てかけてある葦簀《よしず》が西日にあぶられている。牛山は肩を動かして、小さく嘆息《たんそく》した。

……もう会えないのだろうか。あきらめて、八王子に帰ろう。後ろ髪は引かれるが、しかたない。妹は妹の道を歩き、自分は自分の道を歩く。幸江だってもういい年だ。ひょっとすると、いい男でもできているのかもしれない。

牛山は両膝をぽんとたたいて立ちあがった。もう一度こおろぎ橋に目を向けて歩きだしたとき、人の視線を感じた。そっちを見ると、老婆が炭屋の庇《ひさし》の下に立っていた。

何度か見かけた老婆で、昨日も自分を見ていたような気がする。牛山は近寄って、声をかけた。

「婆さん、何を見ているんだい」

老婆は身を引くように一歩後ずさり、警戒するような目をした。

「わたしを見ていたような気がするのだが……」

老婆は黙っている。

「人捜しをしているのだよ」

「……」

老婆は無言のまま目をしょぼつかせた。

「じつはわたしの妹でね。そこの橋で会うことになっていたのだが、どうやら都合が悪いらしい」

「妹、さん……」

老婆は歯の抜けた口を動かした。

「妹に振られたようだ。はは……」

牛山は力なく笑って老婆に背を向けた。老婆の視線を感じていたが、そのまま歩きつづけた。

今夜は旅籠の近くで軽く引っかけてみようか。江戸に来ることも、もうないだろう。最後の夜だと思って、少しだけ羽を伸ばすのもいい。

牛山はそこまで考えて、もう一度、荒金菊之助に挨拶に行こうと思った。残念だが、妹には会えなかったと告げるべきだ。餞別ももらっているし、少なからず心配してくれた人である。その後の経緯《いきさつ》を気にかけているだろう。

牛山は旅籠に戻る前に、菊之助の住まいのほうへ足を向けた。

「きれいな方だったのねえ……。どうしてそんなことになったのかしら……」

お志津はお駒の絵を見ながら、しみじみとつぶやいた。

菊之助は盃を口に運びながら、そんなお志津を眺めた。白い頬が行灯《あんどん》の明かりにあわく染められている。

秀蔵と別れて、仕事場に戻った菊之助は、急ぐ必要のない研ぎ仕事をあらかた片づけてゆっくりしているところだった。

膳部《ぜんぶ》には若布酢《わかめず》と蛸《たこ》の和《あ》え物《もの》、けんちん豆腐が載っていた。このごろ、けんちん豆腐は菊之助のお気に入りになっている。

油で揚げた豆腐を賽《さい》の目《め》に切り、栗、木耳《きくらげ》、麩《ふ》、青菜《あおな》が添えてある。それにまぶす甘辛醬油がよくあって、なんともいえぬ味が口中に広がる。酒の肴《さかな》にも飯のおかずにもよかった。最近、お志津は料理の腕をあげている。

「秀蔵さん、今日みえたの？」

お志津がお駒の絵から顔をあげて、菊之助を見た。

「ああ、ふらっとやってきてね。気に留めておいてくれといわれたのだ」

丹波屋を強請った賊のことは黙っておくことにした。

「それじゃ、菊さんに、また手伝ってほしいということじゃないの」

お志津の目にかすかな不安の色が宿った。

「気づいたことがあったら教えてくれといわれただけだ。手は足りているのだろう」

「……そうですか」

お志津は信用していないようだが、黙って酌をしてくれた。

「気に病むようなことではなかろう」

「別にそんなことを申してるのでは……」

そのとき、「こんばんは」という声があったので、お志津は言葉を切って、戸口に顔を向けた。菊之助もそっちを見た。

「夜分に申し訳ありません。牛山です」

「あら」

お志津がすぐに立って、牛山を家のなかに招じ入れた。

「会えたのか？」

菊之助が聞くと、牛山はいいえと首を振った。

「今日まで粘ってみましたが、きりがないので明日八王子に帰ることにします」

「そうか、会えなかったか。残念だな。ま、いいからあがりなさい」

失礼するといって、牛山は菊之助のそばに座った。お志津が台所に行き、牛山の酒の用意をした。

「他に捜す手掛かりはないのか？」

「あればよいのですが、どうにも……」

牛山は不甲斐《ふがい》なさを誤魔化すように頭の後ろをかいた。と、お志津が置きっぱなしにしていたお駒の絵に目を留めた。

「これは……」

と、絵を取って菊之助に顔を向ける。

「御番所に従兄弟がいるんだが、そやつが持ってきたのだ。可哀相に殺されてしまったそうなのだ」

「殺された……」

牛山はお駒の絵に視線を戻して、食い入るように見た。

「いったい誰がこの絵を……」

「八丁堀に住む絵師だよ。何枚もその人の絵を描いていたそうだ。その美人はお駒さんというのだがね」

「……お駒」

菊之助は牛山があまりにも真剣に絵を見ているので、

「まさか、知っているというのではないだろうな」

と聞いてみた。

すると、牛山はなにやら思い詰めた顔をゆっくりあげて、

「知っている女です」

といった。

菊之助とお志津は驚いたように顔を見合わせた。

五

「じつは、わたしが嫁にしようと思っていた女です」

「嫁に……」

「幸江は八王子を出るとき、幼馴染みのお駒をいっしょに連れて行ったようなのです。お駒の姿を見なくなったのは幸江がいなくなった日と重なっています」

「それじゃ、お駒には身寄りがあるということではないか」

「お駒は横山宿《よこやましゅく》にある〈小田原屋《おだわら》〉という旅籠《はたご》の娘でした。……それが、殺された……」

牛山はお駒の絵を持つ手を震わせて、唇を嚙んだ。

横山宿とは八王子宿の中心をなす本宿《ほんしゅく》である。菊之助も同じ八王子生まれの八王子育ちだからよく知っている町だ。小田原屋という旅籠にも覚えがあった。

「荒金さん、なぜそんなひどいことに……」

牛山は目に涙をにじませて、菊之助を見た。

「なぜといわれても……詳しいことはわからないのだ」

「妹に詫《わ》びねばならぬこともあるが、お駒を殺したやつはこの手で……」

牛山は膝に拳をぶつけた。

「あの牛山さん、ちょっとお訊ねしますが、いま妹さんには詫びねばならないと申されましたが、いったいどういうことなのでしょうか？」

お志津が口を挟んだ。牛山は居ずまいを正すように膝を揃えなおすと、お志津に顔を向けた。

「わたしがどうして浪人になったかは、先日話しましたが、それにはいろいろあるのです」

「……」

菊之助は牛山を見つめた。

「家が取り潰しになったわたしは荒れました。父と母を亡くしたという失意に打ちのめされたのはいうまでもなく、公儀《こうぎ》を恨み、天を呪いました。しかし、怒りをぶつける先がありません。そんなわたしは酒に溺れ、誰彼なくからみ、喧嘩《けんか》に明け暮れました。さいわい刃傷に及ぶことはありませんでしたが、そんなことで幸江とは口喧嘩が絶えなくなりました。妹がわたしのことを兄でないと罵《ののし》れば、わたしはおまえのことを妹とは思わぬ、生意気をいうなら勝手に生きていけと突き放したのです。そんなわけで、喧嘩別れをしてしまったのですが……刻《とき》がたって、わたしはすまぬことをしたと、自分の落ち度に気づき、いずれ仲直りをしたいと思っておりました。もちろん、いまもその気持ちに変わりなく、こうやって妹を捜しに江戸にやってきたのではありますが……」

「でも、どうしてお駒さんが、江戸に？」

お志津はそういってから、牛山に酌をしてやった。

「その辺の事情はよくわかりませんが、お駒も不幸な女でした。宿場が火事になったとき、お駒の家も焼け落ちてしまいました。お駒の両親が生きていれば、再建することもできたのでしょうが、可哀相に二親《ふたおや》とも焼け死んでしまったのです。それを知ったわたしは、お駒を引き取りたいと申し出たのですが、そんなわたしも親戚に世話になっている、うだつのあがらない浪人です。先行き不安な男の申し出を受けるはずもありません。断られてもしかたのないことでした。そんなことがあって、わたしは身の振り方を真剣に考えるようになったのです」

「まあ、もっと深い事情《わけ》はあるのだろうが、もしおぬしの妹御がお駒といっしょに江戸に出てきたのなら、下手人について何か知っているのではないだろうか……」

菊之助の言葉に牛山ははっとなって、宙の一点を見据えた。

表から、すだく虫の音が聞こえてきた。

「荒金さん、御番所に従兄弟がおられると申されましたね」

「うむ」

「わたしを引き合わせていただけませんか。こうなったからには、知らぬ顔をして帰るわけにはまいりません。お駒の無念を晴らしてやりたいと思います」

「下手人捜しをすると……」

「じっとしてはいられません。それに、幸江にも会えるかもしれませんので……」

菊之助は腕を組んで考えた。

「ひょっとすると、もう下手人は捕まっているかもしれぬ。いや、どうかわからぬが、この長屋に従兄弟の手伝いをしている者がいる。そやつの話を聞いてみることにしよう」

六

牛山はお志津の手料理に舌鼓《したつづみ》をうち、明日からのことがあるからと酒を控え、飯を三杯平らげた。

次郎が訪ねてきたのは、それからしばらくしてからだった。

「こんばんは。菊さん、用ってなんです？」

次郎は断りもせず、ずかずか入ってきて、菊之助が戸障子に挟んでおいた書付《かきつけ》をひらひらさせた。

「いいからあがれ。こっちは牛山弓彦という、昔の知り合いだ」

菊之助は牛山を紹介して、次郎を居間にあげた。

「知り合いには違いありませんが、拙者は荒金さんに剣術を教わっていた若輩《じゃくはい》者《もの》です」

牛山は堅苦しいことをいって、次郎に頭を下げた。次郎も慌《あわ》てて頭を下げ返し、

「すると、菊さんのお弟子さんですか？」

と、目を丸くした。

「弟子というのではない。同じ道場にいただけだ」

菊之助は茶を飲んでいう。

「そのとき、荒金さんは師範代を務めておられました」

「昔のことだ。それより次郎、お駒の一件はどうなっているんだ?」

「そっちはさっぱりです。それより菊さん、お手柄だったじゃないですか、横山の旦那から聞きましたよ。丹波屋を脅していた悪党を一網打尽《いちもうだじん》にしたというじゃないですか。横山の旦那が褒めていました。菊さんを研ぎ師にしておくのはもったいないって」

菊之助は、シー、シーと何度もいって、口に指を立てたが遅かった。お志津と目が合うと、うなだれてしまった。

「次郎ちゃん、それ、いつのことなの?」

厳しい目つきになったお志津に、次郎は狼狽《うろた》えて菊之助を見る。

「もう遅いわよ。教えてちょうだい」

お志津の催促に、次郎は困惑しながらも、昼間の顚末《てんまつ》を話した。菊之助は途中で口を挟《はさ》もうと思ったが、そのきっかけをつかめなかった。観念するしかない。

「菊さん、隠し事はなしですよ。それならそうとおっしゃってくだされればよいのです」

「はい」

菊之助は首の後ろをたたいた。

「さすが荒金さんですね。研ぎ師をやっているだけではないのですね」

牛山が感心したようにいうと、菊之助はお志津に話を蒸し返されないように、早口で本題に入った。

「いや、そういうことではないが、たまに頼まれて助をするだけだ。それで次郎、そのお駒のことを話してくれないか。そうそう、身寄りも何もわからないといっていたが、じつはお駒は八王子にあった旅籠の娘だったそうだ」

「え、そうなんですか」

次郎は目をぱちくりさせた。

「おそらく牛山の妹御といっしょに江戸に出てきたものと思われる。まずは、二人を世話した口入屋にもう一度あたることからはじめたらどうだろうか。なぜ、そんなことをいうかといえば、殺されたお駒はじつはこの牛山が娶《めと》ろうとしていた女なのだ」

「へっ……ほんとに……」

次郎は丸くした目をさらに大きくした。

「子供の時分から知っている女だったのです。お駒と妹は同じ手習所《てならいじょ》に通っていた仲でもあります。次郎さん、どうか力を貸してください。お駒が殺されたと知って、このまま黙って八王子に帰るわけにはゆきません」

牛山は手をついて頭を下げた。

「いや、そんなことをおいらにいわれても……。あ、頭をあげてください。おいらはそんなえらい人間じゃないんで……菊さん……」

次郎が救いを求める顔を菊之助に向けた。

「牛山、そうかしこまることはない。次郎は同心の下働きだ」

「それに、おいらのほうが年下のようですし、遠慮のない言葉を使ってください。で、八王子といいましたけど、牛山さんも八王子からみえたってことですか？」

次郎の問いには菊之助が答えて、牛山の事情をかいつまんで話してやった。

「お駒についてわかっていることを教えてくれないか。秀蔵からも詳しくは聞いていないのだ」

次郎は、お駒が口入屋の紹介で、本石町一丁目の搗き米屋・萬石の下女であったこと、この春、阿蘭陀商館の一行が江戸参府《さんぷ》したおり、商館員のひとりがお駒を相手に絵を描いたこと、その後、お駒は萬石をやめ、鳥居定斎という絵師の相手をしていたことなどをざっと話した。

「住まいはどこだったのだ？」

菊之助は次郎の話をおおむね聞いたあとで訊ねた。

「元飯田町にある作兵衛店です」

「元飯田町……」

つぶやいた牛山は、首をひねって言葉を足した。

「ひょっとすると、こおろぎ橋の近くではないか？」

牛山はそれまでとは違う言葉つきになって、次郎を見た。

「へえ、こおろぎ橋の近くですよ」

「わたしの妹は、その橋でわたしを待っていると友達に伝えているのだ。だから、わたしは毎日あの橋に通っていたのだが……」

「それじゃ、牛山さんの妹さんは橋の近くにいるんじゃありませんか」

「そうかもしれない」

「そうなると……」

うなるようにいった菊之助を、次郎と牛山が注視した。そして、菊之助が口を開くのを遮《さえぎ》るように、お志津が言葉を被《かぶ》せた。

「牛山さんの妹さんを捜すことができれば、お駒さん殺しの下手人も自《おの》ずとわかるのではないかしら」

まさに、菊之助の心中を代弁していた。

「もちろん、そうだと決めつけることはできないと思いますけど、何か手掛かりになることを幸江さんが知っているかもしれませんわ」

「そうかもしれませんが、幸江の居場所はまったくわからないのです」

牛山はそういって嘆息した。

「いや、あきらめることはない。お駒が世話になった口入屋があるのだ。つまり、その口入屋は幸江さんの世話もしていると考えられる」

菊之助は目に力を入れて、牛山と次郎を、そしてお志津を見た。

七

牛山と次郎が帰ったあと、菊之助は障子を開け放して、日に日に欠けてゆく月を眺めていた。お志津は寝間の片隅で花を活《い》けている。近所の者からもらった萩に女郎花《おみなえし》に尾花《おばな》である。

虫の声が夜闇のなかに広がっている。

「お駒さんを殺した下手人は、知り合いだったのでしょうか……」

お志津が菊之助のそばに来て座った。

「そうかもしれないが、どうだろうか……」

「もし、知り合いだったら男かしら女かしら」

「それは……」

菊之助はお志津を見つめた。燭台《しょくだい》の火影《ほかげ》がその白い細面《ほそおもて》で揺れた。

「もし、女だとしたら牛山さんの妹さんも……いえ、もちろんそうではないと思うのですけれど、疑ってみるべきだと思うのです」

お志津にしてはめずらしいことをいう。しかも、それは菊之助が考えもしなかったことだった。

「そうだな。幸江さんの行方《ゆきがた》がわからないのだから、疑ってかかるべきかもしれぬ」

「女同士でも諍《いさか》いはありますからね。それも仲のよかった二人が、まさかということもありますし。……幸江さんはお友達に、兄の牛山さんにこおろぎ橋で待っているると言付けをされています。でも、牛山さんがやってくると、幸江さんはいっこうに姿を見せない。なぜ、約束どおりに橋に来ないのでしょう」

「ふむ」

「もし、幸江さんがお駒さんを殺《あや》めたのだとしたら、とても姿を見せることはできないはずです。しかも、こおろぎ橋はお駒さんの長屋の近くです。誰に自分の姿を見られたかわからない。怖くてしかたないから、お兄さんに会いたくても会えなくなった。そんなこともあるのではないかしら……。もちろん、まったく関わりがなくて、何か深い事情があり、約束を守りたくても守れないでいるだけかもしれませんが……」

「たしかにお志津のいうことも一理ある。とにかく、お駒のことをもっと調べなければわからぬ。しかし、幸江さんを先に見つけることも大事だな。ことは殺しなのだから……」

「わたし、幸江さんを捜してみようかしら……」

ぽつんと声を漏らしたお志津に、菊之助ははっと目を向けた。

「捜すだけです。余計なことはいたしませんから……」

「しかし、手掛かりがないのだ。どこに勤めていて、どこに住んでいるのかもわからないのだぞ」

「菊さんだって、お駒さん殺しのことは何もわかってらっしゃらないじゃない。でも、少なくとも幸江さんもお駒さんと同じように口入屋の斡旋《あっせん》を受けているはずです。もし、同じ口入屋なら、捜す手掛かりはあるはずです。それに牛山さんにもお訊ねしなければならないことがあります」

「なんだね」

「さっき聞けばよかったのですけど、幸江さんの言付けを預かったお友達は、いったい江戸のどこで幸江さんに会ったのかということです」

「これはうっかりしていた。たしかにお志津のいうとおりだな。明日、そのことも聞くことにしよう」

「それじゃ菊さん、わたしは明日から幸江さんを捜すことにします。いいですね」

「それは……。しかし、小唄《こうた》のほうはどうする」

お志津はときどき小唄の師匠をやっている。

「しばらくお休みします。休んでも文句をいう人はいませんから、そっちのほうはご心配なく」

「そうか……」

お志津の申し出を断れなくなった菊之助は、小さく嘆息《たんそく》して空をあおいだ。月が雲に隠れようとしていた。

第三章　口入屋《くちいれや》

一

「幸江に会ったというのは、お糸《いと》という近所の者ですが、会ったのは日本橋のそばだったと聞いています」

牛山は髭《ひげ》を剃った頰をなでた。

「日本橋ですか……」

お志津は落胆したようにつぶやく。日本橋は人通りが多いし、近くには大店《おおだな》から小店までたくさんの商家がある。捜すのは一苦労だ。

「幸江さんは日本橋の近くの店に奉公しているのか、それとも偶然通りがかっただけなのか……。そのことは聞いていないのだな」

菊之助は牛山を見てつぶやく。

「残念ながら、そのことは……」

幸江が自分の勤め先を話しているなら、お糸はそのことを口にしているはずだ。牛山が知らないということは、お糸も聞いていなかったのだろう。

「とにかく定斎さんの家に行く」

その朝、菊之助はお志津と牛山を連れて家を出た。月はじめは雨つづきでいやになったが、ここ数日は秋晴れである。風も心地よく、まことに過ごしやすい陽気になっている。だからといって衣替えには少し早い時期である。

「旅籠は払ってきたのだな」

菊之助は歩きながら牛山を見た。

「はい。恐縮ではありますが、お言葉に甘えさせていただきます」

「気にすることはない」

菊之助が応じると、

「おかまいはできませんけれど、遠慮なさらないでくださいい」

と、お志津も言葉を添える。昨夜、菊之助は牛山の持ち金を考えて、旅籠を払ってうちに泊まればよいといっておいた。

「それで、絵師の家にいって何をするのです?」

牛山が怪訝《けげん》そうな目を菊之助とお志津に向けた。

「定斎さんはお駒の絵を描いていた。その折りに、お駒は幸江さんのことを何かしゃべっているかもしれない。それに、幸江さんの絵を描いてもらう」

「絵を……」

「おぬしの言葉を借りて、似面絵《にづらえ》を描いてもらうのだ。定斎殿はときどき、御番所の頼みでそんな仕事もしている」

「そうなのですか」

三人は江戸橋を渡り、広小路を抜け、楓川《もみじがわ》を渡って八丁堀に入った。ときどき、八丁堀に住まう町奉行所の与力や同心とすれ違った。

鳥居定斎の家は坂本町《さかもとちょう》二丁目にある。海賊橋《かいぞく》からほどないところだ。長屋ではなく、小庭のついた一軒家だ。訪《おと》ないの声をかけると、すぐに定斎が現れた。眠そうな顔をしている。

「これは菊さんではないか。いったいこんな早くにどうした」

定斎はそういって、お志津と牛山にも目を向けた。

「早いといっても、もう朝五つ（午前八時）を過ぎていますよ」

「わたしには早いのだよ。いいからあがりなさい」

菊之助は座敷にあがる前に、お志津と牛山を紹介したが、定斎はお志津に熱い視線を送った。この辺は生来《せいらい》女好きの絵師だ。

「それでいかようなことを……。横山さんにはお駒殺しの件で、くどくどとあれこれ聞かれたが、まさかその件ではなかろうな」

「その件です」

菊之助がずばりいうと、丁寧な手つきで茶を淹《い》れていた定斎の顔があがった。白髪まじりの眉に、湯気が上る。

「またか……。それで、なんだね」

定斎は茶を淹れる作業に戻った。

「お駒はここにいる牛山の妹といっしょに江戸に出てきたようなのです。それに、お駒と妹の幸江さんは幼馴染みでもあります。定斎さんは、お駒から幸江さんのことを何か聞いていませんか？」

「幸江……。さ、どうだったかな。さ、どうぞ。宇治《うじ》茶だからまずくはないはずだ」

定斎は先にお志津に勧めて、菊之助と牛山にはぞんざいに湯呑みを差しだした。

「それで、どうでしょう？」

菊之助は茶に口をつけてから定斎に顔を向ける。射し込む日の光が、定斎の髪に散っている霜《しも》を目立たせていた。鬢《びん》の白さはなお際立《きわだ》っていた。

「幸江という名は、お駒からは聞いておらぬな。しかし、なぜそんなことを？」

もっともな疑問である。菊之助は手短にわけを話してやった。

「ははあ、人にはいろいろあるものだな。しかし、さっぱりそんな話は聞いていないな。八王子の出であるというのも、いま知ったばかりだ。そうか、お駒は旅籠の娘であったか……道理で人あしらいがうまかったはずだ」

「先生、なんにもお聞きになってらっしゃらないのですか？」

お志津が身を乗りだすようにして聞く。

「うむ、さっぱり聞いておらぬ。それにしても、お志津さんはなかなかだな」

「は、なにがでしょうか」

「どうだね、わたしにひとつ絵を描かせてもらえまいか」

「絵を……」

「モデールだよ。お駒もわたしのモデールをやっておったのだ」

「いえ、わたしはそんな……」

お志津は何度もまばたきをした。

「それより定斎さん、幸江さんの似面絵を描いてもらえませんか？」

菊之助は一膝詰めていった。

「当の本人がいないではないか」

「何をおっしゃいます。いつもやっている御番所の仕事と同じですよ。牛山が幸江さんの顔かたちを教えますので……」

「兄妹なら似ているであろうが……」

定斎は牛山をのぞき込むように見る。

「口とか目のあたりは似ているといわれます」

「さようか。ならばさっさと済ましてしまおう」

定斎は隣の間に行って画仙紙と絵筆を持って戻ってきた。どんな特徴があるのだと、牛山をせっつく。

菊之助は幸江の似面絵が出来上がるのを待ちながら、これからのことを考えた。まずはお駒が奉公していた萬石に行くべきだろう。それから住まいだった長屋にも……。

「さすが絵師の描かれる絵は違いますね」

隣でお志津が感心したようにいう。隣の間が、定斎の仕事部屋らしく、壁にはいくつもの絵が掛けられていた。風物もあるが、女性の絵が多い。それもしどけない恰好《かっこう》をしたり、科《しな》を作って嫣然《えんぜん》と微笑む女だったり。片肌を脱いでいるだけならよいが、両肌《もろはだ》を脱いでいる絵が目立つし、なかには全裸に薄い襦袢を肩に引っかけただけというのもあった。絵の相手をする女は脱がされているということか……。

菊之助は勝手に想像する。すると、お駒はどうだったのだろうかと気になったが、あえて聞くのはやめた。

幸江の似面絵は出来上がった。牛山はそっくりだと感心する。

「上々の出来なら三、四枚同じものを描いてもらえますか」

菊之助が請うと、定斎は顔をしかめる。

「菊さん、画料は誰が払うんだ?」

「秀蔵が何とかします。懸念《けねん》することはありませんよ」

菊之助はあっさりいう。助働きをするのと同じなのだから、秀蔵は文句をいわないはずだし、いわせるつもりもなかった。

二

それぞれ懐に幸江の似面絵を入れた三人は、本石町にある萬石に向かった。日本橋の雑踏を抜けながら、室町《むろまち》一丁目の通りに入る。ここも人が多い。棒手振に虚無僧《こむそう》、にぎやかに話しながら歩く奥女中の群《むれ》、馬にまたがった武士とその供《とも》の侍……。

しばらく行くと、江戸一番の呉服商〈越後屋《えちご》〉の日除け暖簾《のれん》が目立つ。江戸城の向こうには冠雪《かんせつ》間近な富士をはっきり眺めることができた。

「なぜ、お駒さんは殺されなければならなかったのでしょう?」

お志津が歩きながら疑問を口にする。

「それは……」

牛山は言葉を切って考える。

「お金でしょうか、それとも男関係でしょうか……」

お志津にしては大胆なことをいう。

「もし、恨みを買っていたとすれば、それはいったいどんなことだったのでしょう」

菊之助は黙って歩く。女というのは考えたことをすぐ口にするのだろうかと思いもするが、なかなか当を得た疑問なので、考えさせられる。

「まさか、幸江も……」

牛山がギョッとした顔を菊之助とお志津に向けた。

「牛山さん、妙なことは考えないことです。一刻も早く幸江さんを捜すために、その手掛かりをつかむことが大事なのですから……」

「そ、そうですね」

お志津に諭《さと》された牛山は、首筋のあたりを手の甲でぬぐった。菊之助はツボを押さえたことをいうお志津に感心するだけだ。

搗き米屋・萬石は大きな老舗《しにせ》だった。応対をしてくれたのは、萬石の主・惣八だった。

まずは菊之助が、牛山の妹・幸江と、お駒の関係を話し、余計な穿鑿《せんさく》をされないために自分は横山秀蔵の助働きをしていると述べた。嘘をいっているわけではない。現に、秀蔵はお駒のことを頭に入れておけといい、絵まで預けているのだ。

「それで何をお訊ねになりたいのでしょうか。すでに町方の横山さまには、存分に話をしてあるのですが……」

「そのことはよくわかっている。もう一度同じことを訊ねることになるかもしれないが、勘弁願いたい。まずは、お駒がどこの口入屋から紹介されたかを知りたいのだが……」

惣八に聞くのは菊之助の役目だった。

「口入屋は品川町《しながわちょう》の〈山田屋《やまだ》〉さんです。力のありそうな若い女だったら、身許さえしっかりしていればよかったのですが、やってきたのは力はなさそうでしたが、なかなか気の利《き》いたことを申しますし、見目《みめ》がいい。わたしは一目で気に入りましてね。これならうちの看板娘に使えると考えたんでございます。しかし、身許がはっきりしておりませんから少し考えたのですが、お駒の器量のよさに負けました」

「来たのは……」

「一年半ほど前です。一年かぎりの奉公で雇ってくれというので、そうしました」

つまり、お駒は江戸にやってきてそのまま萬石に雇われたということだ。

「よく働きましたし、お駒目当てにうちで米を搗いてもらいたいという客も増えました。贔屓《ひいき》筋が来れば茶を出させ、人当たりがよいので話し相手もさせました」

「幸江という娘が店に来たことはなかっただろうか。お駒と仲のよい娘なのだが……」

「さあ、そんな娘は……」

惣八は首をひねった。

「それじゃ、幸江という娘の話は出なかっただろうか……」

「聞いたような気もしますが、はっきり覚えておりませんね。あとで誰かに聞いてさしあげましょう」

「頼む。それからお駒に男のいた節《ふし》はなかっただろうか？」

「いやあ、それがないんでございます」

惣八は顔の前で手を振ってつづける。

「うちはご覧のとおり男所帯ですから、そりゃ若い者は年ごろのお駒のことをずいぶん囃《はや》し立てたりしておりましたが、お駒はそつのない相手をして、うまくあしらっておりました。近所でも評判になっておりましたから、お駒をどうにかしようと思っていた者は一人や二人じゃないでしょうが、お駒に男ができた素振りはありませんでしたし、もしそうなっていたらわたしの耳にも入ってきたはずです」

「長崎屋に来た阿蘭陀人に呼ばれたことがあったようだが……」

「そうそう、お駒を見かけた異人が大層惚れ込みましてね。通詞《つうじ》といっしょに何度も訪ねてきたんですよ。お駒は嫌がっていたんですが、絵を描いてもらうだけならと。それでわたしも店の宣伝になるかもしれないと思い、長崎屋に通わせたのですが、あれは間違いでした」

惣八はぺたんと額をたたいた。

「間違いだったとは……」

「いや、すっかりあの手の仕事が気に入ったんでしょう。噂を聞いたという絵師が訪ねてきて、お駒を口説き落としたんです」

「鳥居定斎さんでは」

「あれ、ご存知で？」

惣八は狸《たぬき》のように目を丸くした。

「それで店をやめたというわけか……」

「わたしはもう少しいてくれと頼んだのですが、お駒は絵のほうがよかったんでしょう。何もしないでじっとしていれば、金をもらえるのですからね」

「なぜ、住み込みではなく通いにしたのだ」

「うちに住み込んでいるのは男だけです。それじゃ、何かと都合が悪いだろうと思い、わたしのほうで家を探してやったんです」

「なるほど」

菊之助は他に何か聞くことはないかと、牛山とお志津を振り返った。

「さっきと同じことを訊ねるが、お駒の口から幸江という名は出なかったのだな」

「それは、いま他の者に聞いてまいりましょう。しばし、お待ちを」

惣八はよっこらしょと、かけ声を漏らして立ちあがり、居間のほうに消えた。

「男ではないのかしら……」

お志津がぽつんといった。

「男じゃなかったら……なんでしょう?」

牛山がお志津を見て訊ねる。

「お金……それとも別のこと……どんなことなのかわかりませんけど」

「たしかに金絡みはあるかもしれませんね」

「しかし、そうでないとしたら、何があるだろうか？」

菊之助の素朴な疑問に、お志津と牛山が考え込んでしばらくして惣八が戻ってきた。

「幸江という名は誰も聞いておりませんでした」

惣八の返事は簡単だった。

「それじゃ、お駒が借金をしていたとか、金に困っていたようなことはどうだろう」

「いや、それはまったくありませんよ」

惣八は自信ありげな口調で答えた。

「なぜ、ないといえる？」

「お駒の口からそんなことは出ませんでしたし、前借りなどしたこともありません。そりゃ、うちの給金は多くありませんが、金に不自由はしていなかったはずです」

結局、お駒殺しの下手人につながる話は何も聞けなかった。幸江についてもわからずじまいである。

「牛山さん、ほんとに幸江さんはお駒さんといっしょに江戸に出てきたのですか?」

萬石の表に出てから、お志津が訊ねた。

「そのはずです」

「幼いときから仲がよかったのなら、名前ぐらい口にするはずですよね。ときにはお互いに行き来してもおかしくないのに、そんなこともなかった」

お志津の疑問はもっともである。菊之助もそのことを不自然だと感じていた。

「とにかくつぎに行こう」

菊之助は品川町にある口入屋の山田屋に向かった。

ところが、ここでも幸江の名は出てこなかった。お駒はひとりで来たというのだ。すると、幸江はどこにいるのだ。別の口入屋で先に奉公先を見つけたのか……。

「妙な謎解きになってきたな……」

山田屋を出た菊之助は、軒先に作られた燕《つばめ》の巣を眺めた。もうそこに燕の姿はなかった。

「燕のように、いずこへともなく消えてしまったというのか……」

「菊さん、ぶつぶついっていないで、つぎに行きますよ」

お志津の声に背中を押されたように、菊之助はお駒が住んでいた作兵衛店に足を向けた。

三

当たり前のことだが、お駒の家は空き家になっていた。

すでに荷物も運び出され、もぬけの殻《から》だ。隣近所の住人から話を聞いたが、お駒の評判のよさがわかっただけで、下手人のことや幸江のことはわからずじまいである。

事件当夜は雨が降っており、お駒がいつ家に帰ってきたのか誰も見ていないし、気づかなかったという。板壁一枚を隔てただけの両隣の住人も、物音を聞かなかったといった。まったくのお手上げである。

「あんないい娘が殺されるなんて……」

そういって声を詰まらせる者は、ひとり二人ではなかった。

菊之助は長屋の表に出て、小さなため息を漏らして肩を落とした。

「何もわからぬな……」

「男が来たこともないということですね」

牛山が菊之助の横に並んでいった。

「うむ。幸江さんらしき娘が来たこともなかったというしな。いったいどうなっているんだ」

菊之助は目の前の川を眺めた。青い空に浮かぶ白い雲が映っていた。

「あれ……」

牛山がつぶやいて一方に歩いていった。こおろぎ橋のそばに一本の柳があり、その下に縁台があった。縁台には小さな老婆がちょこなんと座って、どこか遠くを見ていた。

牛山はその老婆に近づいて声をかける。菊之助とお志津は黙って見ていた。

「婆さん、何をしてるんだい?」

老婆は驚く様子もなく、ゆっくり牛山を振り返った。目をしょぼつかせ、

「あ、あんたは、こないだの……」

と、しわがれた声を漏らした。

「婆さんはどこに住んでいるんだい?」

婆さんは耳が遠いようなので、牛山は声を張って訊ねた。

「あたしゃ、すぐそこだよ」

「もしや作兵衛店ではなかろうな」

老婆はかすかに目を見開いた。

「どうして知っているんだい？」

「ひょっとしてお米さんというのが、あんたでは……」

さっき長屋で聞き込みをしたとき、お駒はお米を慕い、お米もお駒のことを何くれとなく面倒を見ていたということを耳にしていた。

「そうだけど、お侍さんは……」

「わたしは、先日そこの長屋で殺されたお駒の知り合いだ」

「えッ！」

「お駒はわたしが嫁にしたいと思っていた女だ。あいにく、首を縦に振ってはもらえなかったが……。ま、それはよいのだが、何か下手人について知っていることはないか？」

「町方の旦那にさんざん聞かれたけど、何も知らないよ。どうしてあんなことになったのか……あたしもさっぱりわからないんだよ」

「お駒に幸江という女の友達がいたのだが、知っているか？」

「さちえ……さあ……」

お米は首をかしげて、近寄ってきた菊之助とお志津をちらりと見た。

「その幸江というのはわたしの妹なのだ。幸江とお駒はいっしょに江戸にやってきたはずだから、少なからず行き来があったはずなのだが……」

牛山は何かを思い出そうとするお米を、食い入るように見つめた。

「ひょっとすると……」

お米のつぶやきに、牛山は足を一歩踏みだした。

「お駒さんが越して来たころ、何度かやってきた娘さんだろうか……」

「幸江はこんな女だ」

牛山は懐から幸江の似面絵を出して見せた。お米は幸江の絵にしばらく見入り、この娘だったような気がするといって、牛山に絵を返した。

お駒が越してきたころ訪ねてきたのは、幸江と考えていいかもしれない。

「お米さん、あんたはお駒とはずいぶん親しかったようだが、何か悩み事とか困っているようなことを聞いていないかね」

菊之助はそういって、お米に近づいた。

「そんなことはちっともなかったんだよ。町方の旦那にも話したけど、あの子はあたしの愚痴をよく聞いてくれて、肩を揉《も》みながら、まるでわたしのお婆ちゃんのようだ、といったりしてね。買い物にいってくれたり、そりゃ親切な子だった。どうして、殺されることになったのか、あたしにもさっぱりわからないよ。神も仏もないよ」

お米は目ににじんだ涙を枯れ木のような指でぬぐい、ぐすっと洟《はな》をすすった。

「お駒さんの家に男の人が訪ねてくるようなことはありませんでしたか?」

今度はお志津が訊ねた。お米はそのお志津をまじまじと見て、

「……あんた、たいした美人じゃないけど、いい女だね」

と、とんちんかんなことを口にした。

「わたしのことではなくて、男の人が訪ねてきませんでしたか?」

お志津は苦笑を浮かべて言葉を重ねた。

「お駒さんが勤めていた搗き米屋の旦那が来たぐらいだよ」

「萬石の主ですね。それはいつごろ?」

「お駒さんが越してきてすぐのころだよ」

「そのあとはやってこなかったの?」

来なかったと、お米は首を横に振った。

結局、何もわからずじまいである。三人は元飯田町をあとにした。

「お志津、口入屋をあたってくれないか。幸江さんは日本橋のそばで、お糸という友達に会っている。もしや、日本橋界隈《かいわい》に住んでいるのかもしれない。それに、幸江さんは口入屋の斡旋《あっせん》を受けているはずだ。こうなったら口入屋が手掛かりだ」

菊之助がそう指図したのは、鎌倉河岸まで来たときだった。

「菊さんは?」

「秀蔵に会う。やつの調べがどこまで進んでいるか気になるし、一度牛山を引き合わせておきたい」

「それじゃ、何かわかったら家で待っています」

「うむ」

四

八木勇三郎は森川内膳正の上屋敷を出ると、足許にペッとつばを吐き捨てた。忌々《いまいま》しい上役の顔が脳裏に浮かぶ。上役といってもたいしたことはない。ほんの少し禄が多いだけで、家格は同じだ。それなのに威張《いば》り腐って人にものをいいつける口ぶりが気に食わない。

屋敷の角にくると、そのまま左に折れて、練塀《ねりべい》沿いに足を進めた。周囲は武家地なので町屋のにぎやかさはない。大小の武家屋敷が殺風景に並んでいるだけだ。しばらく行ったところで、小川金右衛門《おがわきんえもん》が前からやってきた。朝から姿が見えないと思っていたら、どうやら外出をしていたようだ。

「金右衛門、どこへ行っていた？」

「組橋の蕎麦《そば》屋だ」

「あの店か……。ついでに引っかけてきたか」

金右衛門の顔は火照《ほて》っていた。

「軽く一杯だ。酔っては帰れぬからな」

「酔って帰ったところで文句をいうやつはおらぬだろう。もっとも、北村《きたむら》さんに見つかれば、くどくど説教を垂れられるかもしれぬがな」

「まったくだ。あの年寄りの面は見たくもないわ。それで、おぬしはどこへ行くのだ」

「その辺をぶらつくだけだ。茶店の女でもからかいに行くか……」

「悪くないな。よし、おれも付き合おう」

金右衛門はそういって、きびすを返した。

勇三郎は上役の北村から小言をもらったと愚痴をこぼした。

「何をいわれたのだ」

「くだらぬことだ。〝行灯《あんどん》の油と灯心が不足しておる。八木、それはおぬしの掛《かかり》だったはずだ。役目を怠《おこた》ってはならぬ。早速にも仕入れに行ってまいれ〟そうのたまったのだ」

勇三郎は北村の声音を真似ていった。よく似ていたのか、金右衛門が声をあげて笑った。

「だが、油と灯心はちゃんとあった。それを出してみせると、人目につくところに置いておけときやがる。納戸《なんど》から出しておけば、片づけがなっとらんと文句をいうくせに、まったく始末の悪い年寄りだ。それで蕎麦の味はどうだった？」

「悪くはない。つゆが薄くて味気ないが、まあ安いから文句はいえぬ」

「さようか……」

組橋の近くに上屋敷で噂になっている蕎麦屋があった。勇三郎はまだ足を運んでいないので、一度ひやかしに行こうと思っていた。

「あの店にまた戻るのも無粋《ぶすい》だろうな」

「蕎麦はもういい」

「やはり茶店で女をからかうか」

「それでよい」

金壺眼で色が黒い勇三郎は女にはもてないが、大の女好きだ。それも自分の手が届かないような女ばかりに目をつけては振られるのが常だった。

金右衛門は小太りで、額が後退してでこだった。二人とも女にはとんと縁のない男といっていいだろう。先日も、大盤振る舞いのつもりで吉原《よしわら》に繰りだしたが、結局は目をつけた女郎《じょろう》に袖にされてばかりだ。しかたがないので、お歯黒《はぐろ》どぶそばの河岸見世《かしみせ》で、金一朱《しゅ》を払って切見世女郎《きりみせじょろう》を買って帰ってきたのだった。

切見世女郎とは、一切り百文《もん》などといって時間を切って買える女のことをいう。長くても小半刻《こはんとき》（三十分）だから、あっという間のことだ。それも、明るいところではとても見られない面相をしている。二人が買った女郎はおそらく、四十を超えた大年増《おおどしま》だったはずだ。

二人は俎橋を渡り、飯田川沿いにしばらく行ったところにある茶店の縁台に腰掛け、茶と串団子を注文した。

「そろそろ一月《ひとつき》になるな」

勇三郎は串団子を頬張って空をあおぐ。

「来年までは長いな。あと五月もあるのか……」

金右衛門はため息をつきながらいう。藩主の森川内膳正俊知《としとも》は譜代大名《ふだいだいみよう》で、領地が関東下総にあるために、参勤交代は半年に一度行われる。二月と八月がその交代月である。ただし、藩主の内膳正は若年寄《わかどしより》という役付きなので江戸定府《じようふ》である。家臣も藩主同様に定府となるが、家族のことを考えての入れ替えがある。

二人はこの十一月に江戸詰になったばかりだった。

「国にいれば、暇な身でもやることはあれこれあるが、江戸詰はもう半月で飽《あ》いてしまった。江戸見物も大方すましたし、吉原は金がかかるし……」

勇三郎もため息まじりにいう。

江戸勤番の侍は暇である。もっとも、若年寄という役職にある藩主は日々登城するので、その際や外出時の警固《けいご》という役目はあるが、それも交代で行われるので、暇なときはこれといってやることがない。庭の草むしりや、障子や襖の張り替え、床掃除程度である。ときに門番に立つこともあるが、それも順番があるのでたいしたことはない。

役目といえば暇つぶし――と、冗談をいう者もいる。

暇でも金があればよいが、あいにく懐にはいつも寂しい風が吹いている。三十俵二人扶持の禄ではかつかつの暮らししかできない。国許にいれば、食料などは近在の百姓や漁師から安く手に入るし、野菜などは屋敷の畑でまかなえる。ところが、江戸で自給自足の暮らしはできない。上屋敷にある武士長屋に、ただで住まわせてもらっているが、自炊である。薪《まき》や炭などの代金も馬鹿にならない。それに江戸は諸色《しょしき》が高直《こうじき》ときている。

「江戸詰を楽しみにしていたが、あてが外れたな」

「まあ、そう嘆くな」

勇三郎はめずらしく金右衛門を宥《なだ》めた。

「何か面白いことでもあると申すか……」

金右衛門がでこ面を向けてきた。

「芝居や寄席《よせ》に行けば、それなりに面白いことがある」

「金がかかる」

金右衛門は切って捨てるようなものいいをした。

「木戸銭《きどせん》はそれほど高くはなかろう。ケチを申すな。だが、それよりおれにはほかの楽しみがある。ふふ……」

勇三郎はにやけた笑みを浮かべた。

「なんだ？」

「女に決まっておろう。いい女がいる。おれは何度もこの通りでその女に出くわしてな」

「ほう、どんな女だ？」

金右衛門は興味を持ったらしく、席を詰めるように寄ってきた。

「いい女だ。年のころは二十歳ぐらいだろうか……。色が白くて、肉置《ししお》きもよさそうだ。ああいうのを小股の切れ上がった女というのだろう」

「名は？」

「さあ、それはわからぬ。今度会ったら声をかけようと思って、このあたりで暇をつぶしているというわけだ」

「まったくおぬしというやつは……。声をかけてなびくとはかぎらぬだろうに」

金右衛門はあきれたように首を振った。

「しかし、妙な男がいてな。どうもあの女を待っているようだった。うらぶれた浪人のようだったので、からかい半分でものを申したら、危うく斬り合いになりそうになった」

「喧嘩は御法度だぞ」

「わかっておる。刀は抜いたが、それまでのことだ。とにかくおれはあの女を、国に帰るまでに何とかしたいのだ。それぐらいの楽しみがあっても悪くはなかろう」

「しようもないことを……」

金右衛門は茶を飲むと、先に帰るといって茶店を出ていった。

ひとり残った勇三郎は、しばらく町の風景をぼんやりと眺めていた。飯田川の向こうには人気《ひとけ》のない武家地が広がっているが、茶店の前の河岸道には行商人や町娘の姿があり、あまり飽きることがない。

しばらくして、こおろぎ橋のほうに目を向けたとき、勇三郎の目がひとりの女の姿をとらえた。女は橋の上に佇《たたず》んでいる。ひょっとすると、あの女では……。

そう思った勇三郎は、湯呑みを置いて腰をあげた。

五

女は風呂敷包みを抱え、ときおり遠くの道を眺めたり、橋を渡ってくる者に注意の目を向けていた。

勇三郎が近づくと、女は駆けるように数歩進んで、嬉しそうに笑みを浮かべたが、すっとその笑みを引っ込めて背を向けた。

――なんだ、あの女ではなかったか。

勇三郎は落胆した。しかし、女に少し興味を持った。後ろ姿が悪くない。裾にのぞく足もよく締まっているではないか。

橋を渡りはじめると、女は反対の欄干《らんかん》に行って手をついた。背を向けたままである。勇三郎は通りすぎながら女の横顔をちらりと見た。川面の照り返しを受けている女の顔は、どことなく愁《うれ》いを含んでおり、寂しげである。

勇三郎は橋を渡りきる前に立ち止まって、女を振り返った。と、その女も勇三郎を振り返ったのだった。目と目が合った。

女は恥ずかしそうに視線をそらして、また背を向けた。女は別段美人というわけではないが、まだ若い。少し気の強そうな目をしていたが、口許が気に入った。

「誰かを待っておられるのか？」

声をかけると、女がゆっくり顔を向けた。小首をかしげて、いいえという。

「人を待っているように見えたが……。さっきからこの橋の上にいるであろう」

「用があるだけです」

「はて、この橋に用が……面白いことをいう」

勇三郎は女に近づいた。町屋の女には見えない。質素な身なりではあるが、何となく武家の娘の雰囲気がある。

「わたしは森川内膳正の家来・八木勇三郎と申す。決してあやしい者ではない。何かのっぴきならぬ事情でもあるのではござらぬか」

「そんなことはありません」

「失礼を申したなら謝るが、お住まいは……」

「あの、帰らなければなりませんので、失礼いたします」

女は遮っていうと、勇三郎の脇をすり抜けるようにして駆け去っていった。武家地のほうであるから、やはり町屋の女ではなさそうだ。

突然、どこからともなく、ヒッヒッヒという忍び笑いがした。橋の西袂《たもと》に近い柳の下にいる老婆だった。縁台に腰掛けて勇三郎を見ていたが、視線が合うとすぐに真顔に戻ってそっぽを向いた。

「婆さん、いつもそこにいるな」

勇三郎は老婆に話しかけた。老婆は耳が悪いのか、きょとんとした。勇三郎は少し声を大きくして同じことを聞いた。

「……暇だからね」

「つかぬことを訊ねるが、年のころは、そうだな、おそらく二十歳ぐらいだと思うが、色が白くて目鼻立ちの整った女がこの辺にいるはずだ。いや、名はわからぬのだが……」

勇三郎は話しかけながら老婆のそばに行った。

「見るからに気立てのよさそうな女なのだ」

「そんなこといわれても、わかるわけないだろう」

老婆はいったあとで、口をふがふが動かした。

「近ごろ見かけなくなって、気になっておるのだ」

老婆の目がわずかに見開かれたが、すぐに眠そうな目に変わった。

「知らぬか?」

老婆は小さく首を振っただけだった。名前もどこに住んでいるのかもわからないのだから無理もないだろう。勇三郎は暇にあかして河岸道を歩いた。日の傾きが早くなり、自分の影法師《かげぼうし》が長くなっていた。

鎌倉河岸まで来ると、ようように夕闇が漂ってきた。早く帰ってもやることはない。目についた小料理屋があったので、気紛《きまぐ》れに入って入れ込みに腰を据えた。

客はまだ少ないが、二人連れの侍がこそこそ耳打ちするように話し込んでいた。勇三郎は格子《こうし》窓から吹き込んでくる風を心地よく感じながら、舐めるように酒を飲んだ。肴《さかな》はおからと、ひじきの煮しめだ。

「……五両や十両は取れるだろう」

そんな声が、勇三郎の耳に入った。そばで話し込んでいる二人の侍だった。勇三郎は耳をそばだてて酒を飲んだ。二人の侍は極力声を抑えているが、酒が入っているせいか、ときどき声が高くなった。

「おぬしの分は五両だ。……それでよかろう」

「いや……あの者は……」

「……出し渋るようだったら、もう少し揺さぶってみるか」

侍は楽しげな笑いを漏らした。

勇三郎にはなんのことかよくわからない。だが、気にかかる。五両だとか十両だとかいうし、誰かを強請《ゆす》っているような話しぶりだ。

耳をそばだてているうちに、背が高くて痩せているのが天野《あまの》、色が黒くて小柄なほうが新見《にいみ》というのがわかった。二人はそれからも金の話をつづけ、

「それじゃ、これからちょいと行ってみるか」

と、新見のほうが差料《さしりよう》をつかんで、勘定を頼んだ。

新見と天野が店を出て行くと、勇三郎は急いで勘定を頼み、二人のあとを追った。

六

菊之助が小者《こもの》の寛二郎と甚太郎《じんたろう》を連れた秀蔵を見つけたのは、江戸橋広小路だった。すでに日が暮れていて、宵闇が濃くなっていた。

「ほうぼうを捜し歩いたが、こんな日にかぎっておまえに会えぬ」

「何か急な用でもあったか。次郎からおまえのことは聞いていたが……」

秀蔵はそういって牛山に目を向けた。

「おまえさんが……」

「牛山弓彦と申します。横山さまのことは荒金さんより伺《うかが》っております」

秀蔵は立ち話もできないといって、近くの団子屋に足を向けた。甘党の秀蔵は飲み屋にはあまり興味を示さない。

「ここの団子が好きでな」

と、早速やってきた小女に注文をした。

「それで、何かわかったことでもあったか？」

秀蔵は菊之助と牛山を交互に見た。

「下手人については何もわからない。おまえの調べがどこまで進んでいるか、それを知りたくて捜していたのだ」

「なんだ……」

秀蔵はつまらなそうな顔をしたが、茶と団子が運ばれてくると頬をゆるめた。おまえたちも遠慮なく食えと勧める。

「だが、何もわからなかったわけではない」

菊之助がいうと、秀蔵は団子を頬張ったまま目を向けてきた。

「まず、幸江さんとお駒がいっしょに江戸にやってきたということだ。しかし、二人は同じ口入屋の世話にはなっていないようだ。お駒の長屋を幸江さんが訪ねているが、それも二人が江戸にやってきて間もなくのことで、その後はお駒の長屋には姿を見せていない」

「萬石のほうはどうだ？」

「幸江さんは萬石にも行っていないようだし、お駒は幸江さんの話もしていなかった。萬石の主・惣八の話ではそういうことだ」

「仲違《なかたが》いでもしたのか……」

秀蔵は団子を食いながら遠くを見やった。

「横山さま、何か手掛かりはないのでしょうか……」

牛山がすがるような目を秀蔵に向けた。

「それなのだ。あれこれ調べているが、お駒殺しの下手人はさっぱり尻尾《しっぽ》がつかめぬ。お駒の持ち物を調べてみたが、手紙や書付などの類《たぐい》もない。ひょっとすると下手人が持ち去ったのかもしれぬが、もしそうなら下手人はお駒のことをよく知る者でなければならない」

「山田屋という口入屋にも話を聞いたが……」

菊之助は茶に口をつけてから秀蔵に視線を戻した。

「あの口入屋にはお駒が世話になっているが、山田屋はもうひとり女の連れがいたといっていた」

菊之助は眉宇《びう》をひそめた。山田屋への聞き込みではその話は出なかった。山田屋はいい忘れていたのかもしれない。

「お駒には男の影も感じられない。金に困っていた様子もない。すると……」

秀蔵は言葉を切って、牛山を見た。

「よもやそのようなことはないと思うが、おぬしの妹が大きな手掛かりになるのかもしれぬ」

「まさか、幸江を……」

牛山の顔がこわばった。

「そうはいっておらぬ。あくまでも推量だ」

秀蔵ははっきり言葉にしないが、そばにいる者は誰もが、幸江に嫌疑がかかっていると感じた。

「幸江殿を捜すことができれば、それが下手人につながる。そんな気がしてならねえ」

秀蔵は懐紙《かいし》で口をぬぐって、茶を飲んだ。

　牛山は深刻な顔で足許を見ていた。菊之助はそんな様子を見てから、口を開いた。

「秀蔵、牛山はお駒を嫁にしようと思っていた男だ。幸江さん捜しと下手人捜しを兼ねて、牛山に助働きをさせてくれないか」

「それは望むところだ。手を焼いているので人は多いほうがいい。菊の字、おまえも手伝ってくれるのだろうな」

「ここでいやだとはいえぬだろう。間の抜けたことをいいやがる。それに今度はお志津も手伝ってくれている」

　菊之助は遠慮のないことをいうが、秀蔵は気にかけもしない。それより、お志津が手伝っていると聞いて、目を丸くした。

「これはこれは、人手が一挙に増えた。しかし、殺しがからんでいるのだ。お志津さんには無理をさせちゃならねえな」

「おまえにいわれるまでもない。それで、どこからどう手をつける？　幸江さんを世話した口入屋を探すのは急がれると思うが……」

「まさに、そのとおりだ。明日は、口入屋を虱潰《しらみつぶ》しにあたる」

「そのことだが、幸江さんは日本橋のそばで、お糸という女に会っている」

「お糸……」

「幸江さんの友達だ。牛山はそのお糸から幸江さんのことを聞いて、江戸に来ているのだ」

「どういうことだ」

牛山がその説明をした。

「すると、おぬしの妹は日本橋の近くに住んでいる、あるいは勤めているのかもしれぬな。……そうなると、世話をした口入屋も近くにあるのかもしれない」

秀蔵はそういって、あたりを見まわした。すでに夜の帳《とばり》が下りている。昼商いの店はどこも暖簾を下ろし戸締まりをしている。代わりに夜商いの店が、行灯や提灯《ちょうちん》に火を入れていた。

「とにかく明日は、口入屋をあたることにしよう」

秀蔵は他に何か考えがあるようだったが、そういっただけだった。

茶店で秀蔵たちと別れた菊之助は、牛山といっしょに帰路についた。

「荒金さん、もしやわたしは、仕事の邪魔をして迷惑をかけているのではないでしょうか」

照降町《てりふりちょう》の通りを歩きながら牛山が申し訳なさそうにいう。

「気にすることはない。さいわい急ぎの仕事はない。それより、人の命が失われているのだ。じっとしてはおれぬだろう」

「は……」

牛山は眉も鼻も太く、険しい目をしているので、一見強情《ごうじょう》そうに見えるが、そのじつ純朴《じゅんぼく》な男だった。

高砂町《たかさごちょう》の源助店《げんすけだな》に帰ったが、家に明かりがなかった。お志津はまだ帰っていないのか……。菊之助はいやな胸騒ぎを覚えた。

「牛山、明かりを点《つ》けておいてくれ」

そういいつけた菊之助は、北側筋にある自分の仕事場に行ったが、そこにもお志津はいなかった。

まさか……。

と、胸騒ぎが大きくなる。

熊吉の女房・おつねが井戸のほうからやってきたので、お志津のことを聞くが、

「朝から顔を見てないけどね。どうかしましたか？」

と、怪訝そうな顔をする。

「いや、なんでもない」

そういって背を向けると、

「菊さん、喧嘩でもしたのかい」

という声が追いかけてきた。

「そんなことではない。いらぬことはいうな」

振り返って釘を刺してやった。おつねは長屋一のおしゃべりで、ときどき根も葉もないことを大袈裟《おおげさ》にいうことがある。

母屋に戻ったが、やはりお志津はいなかった。

「ご新造《しんぞう》さん、どうなさったのでしょう?」

と、牛山も心配そうにいう。

「うむ。そのうち帰ってくるだろう」

平静を装って菊之助はいうが、胸の内はそうではなかった。今回の件に関して、お志津は妙に張り切っているところがある。間違いがなければよいがと思う。

しかし、それは杞憂《きゆう》だった。ほどなくして、ガラリと戸を開けて、お志津が戻ってきたのだ。

「お帰りでしたか。遅くなりました」

「どうしていたのだ」

菊之助は思わず咎《とが》め口調になった。

「口入屋をあたっていたのですよ。それで、ようやく見つけることができました」

「なに、ほんとうか……」

「ええ、幸江さんもお駒さんも八王子から江戸にやってきたのだから、甲州《こうしゅう》街道を使われたはずです。もしそうなら、内藤新宿《ないとうしんじゅく》や四谷《よつや》あたりの口入屋を訪ねたとしてもおかしくありませんね。それで、四谷にある口入屋を訪ねて、ようやく幸江さんのことがわかったのです」

「それで幸江はどこに勤めているのです」

牛山が這うようにしてお志津に近づいた。

「木挽町《こびきちょう》にある料理屋です。ついでに訪ねてきたのですが、親戚で不幸があったらしく店は閉まっておりました」

「でも、幸江はその店にいるのですね」

「そのはずです」

お志津は自信ありげに答えた。

第四章　にわか雨

一

「それはなんという店です。これから行ってみましょう」

牛山は勢い込んでいう。

「ですから、いま行っても……」

と、答えたお志津は、言葉を切って少し考えた。

「いかがしました」

「そろそろ戻っているかもしれません。通夜《つや》だと聞いたので、そんなに遅くはならないはずですから……」

そういったお志津に、菊之助が口を挟んだ。

「ちょっと待ってくれ。通夜に店の者がみんなで行っているというのか？」

「そのようです。奉公人も、世話になった方が亡くなられたのであれば、行ってもおかしくはないはずです。もしくは通夜の手伝いをするために、駆り出されているのかもしれません」

「ふむ、なるほど。お志津、おまえは疲れているだろうから、わたしと牛山で行ってくるが、木挽町のなんという店だ？」

「紀伊国《きのくに》橋のそばにある〈竜乃《たつの》屋〉という料理屋です。小さな店ではないのですぐにわかりますが、わたしもまいります」

菊之助は無理はしなくていいといったが、お志津はどうしても行くと聞かなかった。三人で木挽町の竜乃屋に向かった。

それぞれに提灯を持って夜道を急いだ。人通りは少ないが、飲み助にはまだ宵の口らしく、料理屋や居酒屋には明かりがあり、楽しげな笑い声や三味線《しゃみせん》の音が通りにこぼれていた。都々逸《どどいつ》を口ずさみながら歩く酔っぱらいもいる。

夜空には欠けてゆく月が浮かび、星が散らばっていた。

竜乃屋の表戸は閉まっていたが、店のなかに明かりがあった。

「帰っているようですわ」

お志津が店の表戸に立って、菊之助と牛山を見た。間口八間《けん》(約一五メートル)ほどある二階建ての立派な店構えだ。菊之助が表戸をたたいて声をかけると、すぐに男の顔がのぞいた。

菊之助が名乗ると、

「わたしは番頭ですが……いったいどんな御用で……」

男はそういって、怪訝そうな顔でお志津と牛山を見た。

「ここに八王子から来た幸江という女が奉公しているはずだが、いるだろうか」

「……幸江」

番頭は一度二度とまばたきをして、

「いえ、そんな名の女はいませんが……」

という。

「去年の春ごろ四谷の〈伊勢屋《いせ》〉という口入屋の紹介で、こちらに奉公にあがっているはずですけれど……」

お志津が一歩進み出ていった。

「去年の……ああ、そういえばそんな女が来たことがあります。しかし、三月《みつき》もいなかったはずです。自分には務まらないといってやめてますよ」

「やめた……」

凝然《ぎょうぜん》とした顔でつぶやいた牛山は、番頭に詰め寄った。

「それじゃ、いま、どこにいるかわからないか？」

「さあ、それは手前には……」

「誰か知っている者がいるのではないか？」

「どうでしょうか。しかし、いったいその幸江という人がどうかしたのですか？」

「大事なことなのだ。じつは、殺しがからんでいてな」

菊之助がいうと、番頭は目を丸くして驚いた。

「殺し……」

菊之助は要点だけをかいつまんで話してやった。もちろん、自分が町方の手先仕事をしていることも付け加えた。

「そういうことでしたら、少々お待ちください」

番頭は店の奥に引っ込み、しばらくして戻ってきた。残念そうな顔をしている。

「申し訳ありませんが、誰も行き先を知っている者はおりませんで……」

菊之助たちはとぼとぼと、やってきた道を引き返すしかなかった。

二

鎌倉町《かまくらちょう》の北側の通りを称古屋《ねこや》新道という。その通りの中ほどに、一軒の縄暖《なわの》簾《れん》があった。土間に幅広縁台《えんだい》が三つあり、十六畳ほどの板敷きの入れ込みとは別に、二階にも座敷があった。大衆の居酒屋ではあるが、武家地も近くにあるので、客は町人だけでなく侍の姿も少なくなかった。

八木勇三郎はその二階座敷に腰を据えて、さっきからひとりほくそ笑《え》みつつ、ちびちびと酒を飲んでいた。一階の客間と違い、衝立《ついたて》で仕切ってあるので、隣の客と顔を合わせることはない。

衝立を隔てた勇三郎の右隣には、新見と天野という侍がいる。そこに居座ってすでに一刻《いっとき》（二時間）は過ぎていた。その間にひとりの侍がやってきて、いままた別の侍が新見たちと酒を飲んでいた。

勇三郎は聞き耳を立てながら、ときどき窓の外を眺めていた。

……あくどいことをするやつがいるものだ。どうしてくれようか。

勇三郎は盗み聞きしながら考えていた。

新見と天野の魂胆《こんたん》はおおよそわかった。二人はどうやら小普請組《こぶしんぐみ》の世話役らしく、その役目を利用して、無役の御家人《ごけにん》を相手に役職の斡旋をしているのだった。もちろん、世話役の仕事は小普請組にいる無役の者たちに便宜《べんぎ》をはかることである。

しかし、新見と天野はその権限もないのに、適当な役職に就けてやるからと相手の弱味につけ込んで金銭を要求しているのだ。

小普請組に入るのは、病気や職務不行き届きの者が免職となって編入されることが多い。よって家禄だけで生活しなければならないし、禄高に応じて小普請金《こぶしんきん》を納入しなければならない。暮らしは決して楽ではないから、彼らは役職を手に入れようと必死である。

職にありつければ、足高《たしだか》や役料《やくりよう》が入るし、場合によっては役得も生じる。このために、小普請組の者たちは就職活動のために、組頭《くみがしら》や支配と面識を持とうと躍起《やつき》になった。役職に空席ができたら、まっ先に自分を充《あ》ててもらうためである。

「それでは上に話を通しておく。委細《いさい》がわかったら、もう一度話をしよう。それでよいな」

これは新見の声だった。

「はい、よろしくお頼み申します。それで、たしかに空きはあるのですね」

これは呼びだされた小普請組の者だった。

「うむ。間違いはないが、先に他の者が引き立てられることもある。そのことを踏まえておいてもらいたい」

「しかし、そうなったら困ります」

「いやいや、ご懸念あるな。わしらがうまくまとめてみせる」

相手を安心させるような天野の声。

……この下衆野郎が。

盗み聞きしている勇三郎は胸の内で吐き捨て、煙管を強く吸いつけて煙を吐いた。

しばらくして、呼びだされた侍は帰っていった。その男は、相談料として新見と天野に三両を差しだしていた。

「今夜はこの辺でよいだろう」

楽しそうな声で新見がいう。

「そろそろ引きあげるか。それとも河岸を変えるか」

「いや、今日は疲れた。帰ろう」

どうやら二人はまっすぐ帰宅するようだ。勇三郎は酒を舐めながら二人が立ち去るのを待った。二人が二階座敷から消えると、急いで勘定をして表に出た。具合よく、新見と天野は鎌倉河岸に出て、そのまま河岸道沿いに歩いてゆく。自分の住まう屋敷方面である。

門限が気になったが、まだ間があった。勤番侍に対する規律はゆるくなっているが、門限だけはうるさくいわれている。だが、それにも抜け道はある。

勇三郎は二人を尾行しながら、ここで軽く脅しをかけておこうかどうしようか迷った。しかし、相手は二人であるし、人通りも少ない。もし相手が強く出てきて刀を抜くようなことになれば、一対二では分《ぶ》が悪い。

今夜は新見か天野の家を突きとめておこう。勇三郎はそう決めた。

ときおり笑い声を漏らして歩く新見と天野は、雉子《きじ》橋を過ぎて河岸道をそれ、神保《じんぼう》小路に入った。それから半町（約五五メートル）と行かないところで二人は右と左に別れた。

勇三郎は角の屋敷塀に身を隠して、どうしようか迷った末、そのまま神保小路を歩く天野を追った。

相手はひとり、ここで脅しをかけてもよい。それとも様子を見ようか……。天野の背中をにらみながら考えた。しかし、足は勝手に速まり、天野との距離がつまった。気配に気づいた天野が立ち止まって振り返り、提灯をかざした。勇三郎は手ぶらで、提灯は持っていない。

天野が警戒の目を向けてくる。勇三郎はそのままやり過ごそうと思ったが、疼《うず》くいたずら心を抑えることができず、

「そのほう、面白いことをしておるな」

と、立ち止まって声をかけた。

天野の眉間《みけん》にしわが刻み込まれた。

「何のことだ」

「ほほう、しらばくれるか。自分の胸に手をあてて考えればわかることであろう」

「いっていることがわからぬ。何者だ」

天野は提灯をかざして、勇三郎をよく見ようとした。

「名乗るほどの者ではない。ただ、そのほうらのことが気になっているだけだ」

天野の片眉が動き、目が険しくなった。

「わけのわからぬことをぬかすやつだ。寝言なら別のところでいうことだ」

「寝言、だと……」

「いい掛かりでもつけて喧嘩を売る気か」

「そんなつもりなどないさ。……ま、よい。また会おうではないか」

「ふざけたことを……」

天野はギリッと奥歯を噛むと、さも不愉快そうに背を向けたが、すぐ振り返った。

「貴公、名は?」

「そのほうから名乗るのが筋だろう」

「ふん、声をかけてきたのはおぬしではないか」

勇三郎はそうかと思った。

「八木勇三郎と申す」

「覚えておくぞ。拙者は天野七十郎《しちじゅうろう》だ。今度妙なことをいってきたら、ただではすまさぬ。肝に銘じておけ」

天野は憤然《ふんぜん》とした顔でそのまま行ってしまった。

勇三郎はしばらく見送っていたが、すぐにあとを尾《つ》けた。途中で天野が振り返ったので、道をそれてやり過ごし、再び尾行して天野が屋敷に入るのを見届けた。

……面白いことになってきた。

暗がりでほくそ笑んだ勇三郎は、無精髭の生えてきた顎をなでて夜空に目を向けた。

三

また、雨が降りそうな空模様だった。

菊之助が大きな伸びをして、あくびを嚙み殺したとき、井戸に顔を洗いに行っていた牛山が戻ってきた。

「ひと雨来そうですね」

と、腰の手拭いで手を拭きながら、同じように空をあおぎ見た。

「うむ、今年の秋は雨が多い」

「かといって秋の長雨というほどでもありません」

そんなことを話していると、お志津が朝餉《あさげ》の支度が出来たと呼びに来た。

菊之助と牛山は居間に戻って、朝餉に箸をつけた。納豆に茄子《なす》のみそ汁、梅干しに、目刺《めざ》しという質素な食事である。

「今日わかればよいですね」

茶を淹れながら、お志津がつぶやくようにいう。

「今日は人数を増やしての聞き込みだ。すぐにわかるだろう。口入屋はそう多くない。しかも、日本橋界隈に絞るなら手間もかからぬはずだ」

「見つからなかったらどうします?」

牛山が不安そうに箸を止めていう。

「手を広げるだけだ」

お志津は昨日のうちに、日本橋に近い二軒の口入屋をあたっていた。その途中で、お駒と幸江が八王子からやってきたことを考えて、四谷に行って聞き込みをしたのだった。推量どおり幸江が四谷の口入屋に世話になったことがわかったが、紹介を受けて奉公した店はすでにやめていた。

食事を終えたとき、

「そろそろ行きましょうか」

と、次郎が迎えにやってきた。秀蔵とは日本橋そばにある、高札場《こうさつば》の前で待ち合わせをしていた。家を出るときに傘の心配をしたが、

「何とか空にもたせようではないか……」

と、菊之助はいって傘なしで出かけた。

声を降《ふ》らす鳶の声がいつになく大きく聞こえるのは、雲が低いせいか。菊之助は鼠色の雲に覆われた空を見て思った。

日本橋高札場の前には、すでに秀蔵が待っていた。そして、小者の寛二郎と甚太郎、鉤鼻《かぎばな》の五郎七《ごろしち》の顔もあった。

菊之助は挨拶も抜きで、

「じつは幸江さんが最初に訪ねたと思われる口入屋がわかった」

と、秀蔵に報告して、昨日お志津が機転を利かして四谷でその口入屋を探してからの顛末を話した。

「その料理屋の者はまったく行方がわからぬというのか」

「わからないらしい」

「しかたねえな。それじゃはじめるが、手分けをする」

秀蔵はてきぱきとみんなに指示を与えた。

日本橋を起点に通町《とおりちょう》の東側を秀蔵と寛二郎と甚太郎、西側を五郎七と次郎、室町通りの左右を菊之助と牛山が聞き込むことにした。菊之助は秀蔵と次郎に幸江の似面絵を渡したので、口入屋だけでなく、幸江の顔見知りに出会うかもしれないと期待した。

「江戸橋南詰にうまい大福を食わせる店がある。一刻後に、そこで落ち合おう」

秀蔵は指図をすると、さっさと寛二郎を連れて自分の聞き込み地区に向かった。他の者たちもそれぞれの方向に散っていった。

菊之助は日本橋を渡ると、室町一丁目の角で立ち止まった。

「牛山、わたしはこの通りの左側をあたってゆく。おまえは右を頼む」

「わかりました。あの、うまい大福の店というのは？」

「江戸橋の南詰に行けばすぐわかる。店先に大福の看板が出ている。秀蔵は甘いものに目がないのだ。他の者たちはもう慣れっこだがな」

「そうなのですか。とにかく聞き込みをやります」

「うむ」

菊之助は室町一丁目から口入屋探しをはじめた。隣町の品川町はすでに調べ済みなので、北鞘町《きたさやちょう》、本両替町《ほんりょうがえちょう》、駿河町《するがちょう》と順番にまわっていった。口入屋は各町に一軒あるかないかであるが、幸江が訪ねた店は見つからなかった。

少し足を延ばして、本石町、本銀町《ほんしろがねちょう》まで行ってみたが、結果は同じだった。

お駒が以前勤めていた萬石の前を通って、お駒殺しについて誰か、何か気づいている者はいないだろうかと思ったが、そのまま素通りして江戸橋そばの茶店に向かった。

先に次郎と五郎七が縁台に座って茶を飲んでいた。

「見つかりませんか？」

と、菊之助の顔を見て次郎が聞いた。

「おまえたちはどうだ？」

「同じです。京橋《きょうばし》のほうまで行ってきたんですが、幸江さんを知っている者はいませんでした。それにしても、殺される前に会いたかったなあ」

次郎は鳥居定斎が描いたお駒の絵を眺めていう。

「おい次郎、捜しているのは幸江さんのほうだぞ」

五郎七がだみ声で諭した。

「ええ、わかっていますよ」

「だが、いい女だよな」

と、五郎七もまんざらでもない顔をする。

取り留めのないことをしゃべっていると、秀蔵と寛二郎がやってきた。結果は菊之助たちと同じだった。

「牛山はどうした？」

秀蔵が注文した大福を頬張っていう。

「自分の妹のことだ。粘ってあたっているのだろう」

菊之助が応じたとき、小走りで牛山がやってきた。息を喘《あえ》がせ、目を輝かせている。

「どうだった？　何かわかったか？」

「わかりました」

牛山は秀蔵の問いに応じてつづけた。

「幸江は武家奉公に出ています。黒川鐵之助《くろかわてつのすけ》という旗本の屋敷です」

「その屋敷は？」

「書き付けてきました」

牛山は秀蔵にその書付を渡した。

四

基本的に武家の問題に、町奉行所は介入できないことになっている。しかし、今回は奉公人の所在を確認するだけだから、うるさいことはいわれないはずだ。この辺は秀蔵といえども、さすがに慎重にならざるを得ない。

「まあ、よい。おれが訪ねてみようではないか」

秀蔵はそういってから牛山の書付を袂《たもと》に入れて、みんなを眺めた。

「雁首《がんくび》揃えて行くのは控えよう。寛二郎、おまえは甚太郎と五郎七と次郎を連れて元飯田町の聞き込みをやってくれ。まだあの辺の調べは十分ではない」

これは、お駒殺しに関することだった。

「菊之助と牛山はおれについてこい。ただし屋敷の前で待っておれ」

秀蔵はそういうと、茶を一口飲んで立ちあがった。

いつ雨が降るかもしれない空を見ながら、菊之助と牛山は秀蔵のあとにしたがった。

幸江が奉公しているという黒川鐵之助の屋敷は、小川町一橋《おがわまちひとつばし》通りにあった。

旗本といってもピンからキリまでいるが、黒川家は黒板塀をめぐらし、両開きの冠木門《かぶき》を備えていた。ただし、門番は置いていないらしく、門扉《もんぴ》をたたいて大声をあげなければならなかった。

「頼もう、頼もう！」

秀蔵の声は甲高《かんだか》くよく通った。

待つこともなく、中間《ちゆうげん》がやってきて門を開き、秀蔵を屋敷内に通した。菊之助と牛山は外で待った。

「幸江は町屋の仕事ができなかったのでしょう。わたしもそうですが、やはり武家の出という矜持《きようじ》はなかなか捨てきれるものではありません。結局、武家奉公が自分に合っていると考えたのかもしれません」

牛山は閉められた屋敷門に目を注ぎながらそんなことをいう。

「……さもありなん。だが、武士の一分《いちぶん》を潔く捨てれば、それはそれで楽なこともある」

「荒金さんは……」

「まったく捨て去ったわけではないが、あまり未練はない。市井《しせい》に身を投じたことを後悔したことは、これまで一度もない」

「そうなのですか……」

「おまえだって、医者をめざすのだ。武士だ武士だといって肩肘張っていたら窮屈《きゅうくつ》だろうし、学問にも身が入らないのではないかな……」

「そうかもしれませんね」

牛山はそうつぶやいたあとで、ひょいと顔をあげて、前方からやってくるひとりの侍に目を注いだ。

「知っている者か？」

菊之助が聞くと、「ええ」と牛山はうなずく。

「一度、こおろぎ橋の上で難癖をつけてきた男です」

「浪人ではなさそうだな」

「何とかという大名の家臣だといっておりました。たしか、名を……」

牛山が低声《こごえ》でいったとき、相手が立ち止まって見てきた。

「ほお、これは妙なところで……」

「おぬしはたしか八木勇三郎とか申したな」

牛山が応じた。

「そうだ。よく覚えていたな。感心だ。それで、おぬしは牛山弓彦と名乗っておったな」

「いかにも。こんなところで何をしておる」

「そんなことを、いちいちおぬしにいうことはなかろう。当家の上屋敷はこの近くにあるのだ」

勇三郎はそういって、菊之助を舐めるように見た。菊之助は地味な柿渋の手綱《たづな》染《ぞめ》を着流し、大刀を差しているだけである。

「浪人が二人、こんなところで暇つぶしか。まさか霞《かすみ》を食って生きてるのではなかろうに。江戸の者はのんきなものだ」

「おい、口が過ぎるぞ」

牛山が気色《けしき》ばんだので、菊之助が「まあ」と制した。

勇三郎はそのまま蔑《さげす》むような目を向けて、歩き去っていった。

「くそ、浅黄裏《あさぎうら》のくせに忌々《いまいま》しいやつだ」

浅黄裏とは野暮《やぼ》な田舎侍を馬鹿にしていう言葉である。

「まあ、抑えろ。くだらないやつを相手にしてもつまらぬ」

「しかし……」

牛山は遠ざかる勇三郎の背中をにらみつけた。

それからしばらくして、秀蔵が黒川家から出てきた。菊之助と牛山をしぶい顔で見る。

「どうだった？」

菊之助が訊ねると、秀蔵は首を振った。

「やめたそうだ」

「やめた……」

菊之助が頓狂《とんきよう》な声を漏らせば、牛山はあきれたように目を瞠《みは》った。

「いつのことです？　やめてどこへ行ったのです？」

牛山が早口で秀蔵に迫るように聞いた。

「幸江殿は一年ほど真面目によく働いていたそうだ。だが、黒川家に仕えていた手廻《てまわ》り侍とともに一月ほど前に出奔《しゆつぽん》したらしい」

「……出奔？」

「ことを起こしたのは竹屋光司郎《たけやみつじろう》という男で、黒川殿に追い出されたらしい。詳しいことは教えてもらえなかったが、幸江殿はその竹屋といっしょにいるのだろう」

「それで、竹屋の住まいはわからないのですか？」

「追い出したのだから、行き先はわからないということだった」

牛山はがっくり肩を落とした。

菊之助もため息をつくしかなかった。

五

八木勇三郎は近所をひとまわりして、森川家上屋敷の長屋に戻った。長屋といっても町屋にある長屋とは違い、一軒一軒に物干し場があり、二階建てである。二階には曰窓《いわくまど》があり、表通りを眺めることができるし、ときに行商の者を呼び止め、窓から紐《ひも》を付けた笊《ざる》を下ろして、買い物をすることもある。

江戸定府で役職のある者は妻子を呼び寄せ、中間を雇っていたりするが、多くは女っ気なしの独り身が多い。そんな者たちは炊事が面倒なので、近くの菜屋《さいや》の世話になる。その菜屋は元飯田町にも何軒かあり、勇三郎も重宝《ちょうほう》していた。

例によって暇だから、隣に住まう金右衛門の家をのぞくと、同輩と将棋を指している。

「いつ雨が降るかわからぬだろう。こんな日は昼寝でもしているのが利口というものだ」

金右衛門は背中を見せながらいう。

勇三郎はつまらないので、自分の家に戻ってあぐらをかき、雨漏り跡のある畳をじっと見つめた。楽しみにしている女にはとんと会えなくなったが、天野七十郎と連れの新見という男のことが脳裏に浮かんだ。

……やつらは不正をはたらいている。

どうにかしてやりたいものだ。さて、どうしてくれようかと腕を組んで、首を横に倒してコキッと骨を鳴らした。

もう少し調べて懲《こ》らしめてやるか……。口止め料をいただくというのも悪くない。勝手に知恵をまわしているうちに腹が空いてきた。とにかく、天野と新見から目を離さないことだ。ちょっとした小遣い稼ぎになるかもしれないのだから……。

そこまで考えてから勇三郎は腰をあげた。元飯田町で昼をすまそうと思ったのだ。もちろん、例のあの女に会えるかもしれないという期待も胸の内にあった。

玄関を出たとき、ぽつんと頬をたたく冷たいものがあった。空を見あげた勇三郎は、番傘をさして屋敷を出た。

雨はしばらくすると、乾いた地面を湿らしただけでやんでしまった。こんなことなら傘はいらなかったと思い、武家屋敷地の細い路地を抜けて、駒井《こまい》小路から河岸道に出た。すると、また雨が傘をたたいた。油紙がポツポツと小気味よい音を立てて、雨をはじく。

こおろぎ橋に差しかかったとき、勇三郎は足を止めた。先日会った女が、橋の上にいるのだ。この前と同じようにもの憂《う》げな顔で立っている。

勇三郎が再び足を進めると、雨が強くなった。女は傘を持っていない。不安そうに空を見あげて肩をすくめた。女の白い顎が、勇三郎の目に妙に生々しく、色っぽく映った。女は勇三郎には気づいていないようだ。

勇三郎はゆっくり近づいて、傘をさしかけてやった。女が驚いたように振り返る。

「またお会いしましたな。濡れると風邪を引きますぞ」

「これは……申し訳ありません」

女は恐縮の体《てい》で頭を下げ、

「でも、どうぞおかまいなく」

と、断りを述べた。

「いやいや、遠慮はいらぬ。拙者はすぐそこの飯屋に行くだけだ。もしよかったら傘を持って行かれるとよい」

おお、これは我ながら気の利いたことを口にしたと、勇三郎はひとり勝手に感心する。

「それでは、あなたさまがお困りになります」

「別に傘など気にすることはない。もし気になるなら今度会ったときにでも返してくれればいい。さあ」

勇三郎は強引に女の手に傘の柄をにぎらせた。手が触れ合ったとき、女ははっと驚いたような顔をしたが、それは一瞬のことだった。

「こんなご親切を。申し訳ありません」

女の顔から警戒心が薄れた。

「誰かを待っておられるのかな……。先日もそんな素振りであったが……」

女は何かを躊躇《ためら》い、どことなく翳りのある顔を勇三郎に向けた。

「人を待っているのでございます。でも、もう……今日でよすことにします」

「人というのは？」

「兄です」

「ほう、兄上とこの橋で待ち合わせでもしているのですか……」

勇三郎はあたりに目を配った。町屋の景色がいつの間にか雨で烟《けぶ》っていた。

「もう会えないと思いますので、あきらめることにします」

「それでよいのですか？」

「……仕方ありませんから」

何か深い事情がありそうだが、勇三郎はあえて穿鑿《せんさく》しないことにした。これまで何人もの女に振られてきたので、そのぐらいの機微《きび》は心得ていた。

「もし、よかったら名を聞かせてもらえませんか」

「……幸江と申します」

「よい名ですね。住まいはこの近くなのですね」

幸江はこくりとうなずき、

「それでは遠慮なくお借りしますが、必ずお返しいたします。晴れた日に、何度かこの橋に来ることにいたしますので……」

といって頭を下げて橋を渡っていった。

勇三郎は雨に濡れながら、しばらく幸江を見送った。この前と同じ方向に帰ってゆく。お歯黒《はぐろ》をしていないので、まだ人妻になっていないのはたしかだ。短く言葉を交わしただけだが、幸江には妙な魅力があった。もう例の女のことは忘れようかと思った。いずれ、幸江は自分に傘を返すためにこの橋にやってくる。そのときにはもっと親しくなれるはずだ。

勇三郎は楽しそうに頬をゆるめた。

六

小川町台町《だいまち》にある稲荷小路の途中に、藤原鎌之助《ふじわらかまのすけ》という旗本が家主となっている武士長屋があった。住まうのは家禄の少ない貧乏御家人である。家主の藤原が自分の敷地の一部を造作《ぞうさく》して賃貸ししているのである。

本来、屋敷地は自分の持ち物ではないから、又貸しなどできないのだが、八丁堀の与力や同心も同じようなことをやっているので、うるさくいう者はいない。

その長屋に竹屋光司郎は住んでいた。

幸江は戸口の前で傘をたたみ、雨のしずくを落とすと、戸を開けて三和土に入った。

「ただいま帰りました」

「雨が降ってきたが……傘はいかがした？」

光司郎は幸江の傘に気づいていった。

「親切な方が貸してくださったのです」

「ほう、奇特《きとく》な人がいるものだ。薬はもらえたか？」

「もらってまいりました。でも、光司郎さんの話をしますと、もう心配はいらないだろうということでした」

幸江は濡れた肩口を手拭いで拭いて、居間にあがると光司郎に薬を渡した。傷口に効くという膏薬《こうやく》である。

光司郎は肩の後ろを斬りつけられて、一時は高熱を出して生死の境を彷徨《さまよ》っていた。医者の診立《みた》てでは、傷口が膿《う》んでいるということだった。刀創《かたなきず》は骨に達しようとしていたが、光司郎が強がって初期処置を怠ったがためにひどくなったのだ。

そのために幸江は付ききりの看病にあたっていた。熱が引いたのは四、五日前のことで、それからはすこぶる順調である。

「もう傷は塞《ふさ》がっておりますし、瘡蓋《かさぶた》も固くなっています」

幸江は光司郎の傷口に膏薬を塗った布をあてがっていう。

「いつもすまぬな」

「いえ、でもよくなってよかったです。食欲も出てこられたようだし、もう大丈夫でしょう」

「ああ、気分もいいし。もう出歩いてもどうということはなかろう。明日あたり、その辺をぶらついてみるか」

光司郎は片腕をまわして傷口のあたりをたしかめようとするが、手はやっとそのあたりに届くという按配だった。

「あまり触らないほうがよいですよ。昼餉《ひるげ》はどうしましょう?」

「あまりものでいいさ。それにしても、また雨か……」

光司郎は雨戸の向こうに目を向けた。

「ほんとによく降ります」

幸江はそう応じて台所に立った。昼餉の支度にかかりながら、まさかこんなことになるとは思わなかったと、胸の内でつぶやく。

先のことは何も考えず光司郎といっしょに黒川家を飛びだしたのはいいが、光司郎が闇討ちにあって以来、甲斐甲斐《かいがい》しく面倒を見ているうちに、いろんな意味で気持ちに変化が起きた。

黒川家での奉公は決して楽しいものではなかった。主の黒川鐵之助だけでなく、その妻・安乃《やすの》も跡継ぎの新之助《しんのすけ》も人遣いが荒く、また口うるさかった。どんな些《さ》細《さい》なことでも粗相《そそう》をすると、しつこいほどに咎《とが》め立《だ》てをされた。それは毛を吹き分けて傷口に塩を塗るようなものいいで、尋常とは思えないほどだった。

「郷士《ごうし》の出だというが、本当はただの百姓娘ではないか」

「田舎侍の親はものごとをよく教えてくれなかったようだな。たとえ皿一枚でも、家宝と思って大事に扱え」

投げつけられるひどい言葉に、何度も悔しい思いをしたが、どうにか我慢できたのは、光司郎のあたたかい思いやりと慰めがあったからだった。

光司郎は手廻り侍で、黒川鐵之助が外出のたびに供をするのが仕事だった。家禄の少ない御家人だが、黒川家に雇われていることでいくらかの俸給を受け取っていた。しかし、正義感の強い光司郎は、以前から鐵之助のやり方に不満を持っていたようだ。

その不満は、幸江にもよくわかっていた。鐵之助は小普請組支配組頭で、その地位を利用して、職に就きたい御家人たちから賄賂《わいろ》を受け取っていたのだ。

そういうことは暗黙の了解で、多々あることらしいが、いざ自分の身近で行われているとなると、決して快《こころよ》い気持ちにはなれない。また、鐵之助の家臣のなかにも、同じ手口で小普請組の御家人から賄賂を強要する者がいる。

光司郎が鐵之助の家を追い出されたのは、たった一度の諫言《かんげん》であった。

「率爾《そつじ》ながら、申しあげたき儀《ぎ》がございまする」

いつもと違った顔つきで、鐵之助の書院に入った光司郎の姿を、茶を運んでいた幸江は見かけて、そのまま書院の前で盗み聞きをしたのだ。

「何だ、いつものおまえらしくもなく、あらたまって……」

鐵之助の不遜《ふそん》な声がした。

「殿のお役目のことでございます」

「ありていに申すがよい」

「殿のお役目は十分にわかっているつもりでございますが、真面目に役方《やくかた》の空くのをお待ちになっておられる方を、いささか不憫《ふびん》に感じるのでございます。殿の仲介は才気あるとは思えぬ、金に余裕のある御家人だけのようにお見受けいたします。つまるところ、賄賂《まいない》を払えるが、さして能があるとは思えぬ方だけが取り立てられ、貧しくても才気煥発《かんぱつ》な方の取り立てがないのは、ご公儀にとって役に立つことであろうかと首をかしげるしかありません」

「竹屋、自分で何をいっているのかよくわかっているのだろうな」

憤った鐵之助の声がした。湯呑みを載せた盆を持ったまま廊下にいた幸江は、全身をこわばらせていた。

「よくよく思案したうえで申しているのでございます」

「何をッ……」

短い沈黙があった。部屋の空気が氷のように張りつめたのがわかった。

「殿の配下には御家人を受け持つ世話役がいますが、この者たちもこぞって殿と同じようなことをしています。このまま見過ごしておけば、ご公儀役人はみな賄賂で取り立てられた者で占められるのではないかと、いささか気がかりになるのでございます。無論、わたくしごときが申すべきことではないのは百も承知。しかし、わたくしも下も下の下士《かし》とはいえ、少なくともご公儀の世話になっている身の上、おそばにいながら黙っているわけにはまいりません。ご公儀のお役目は自分のためではなく、人のため国のためにあるものだと思いますればこそ、どうか……」

「黙れッ！」

鐵之助の怒声《どせい》は障子をびりびり震わせるほど鋭いものだった。廊下にいた幸江は、はっと顔をこわばらせ、心《しん》の臓《ぞう》をドキドキいわせた。

「竹屋、きさま自分が何をいっているのか、よくよく思案したと申したな。その思案というのは、このわしのやり方を、役目を、愚弄することだ。わしにはわしの考えがあってのことなのだ！　きさまごとき下《した》っ端《ぱ》に舐められたことをいわれたくはないわ！　ええい、その面を見るだけで忌まわしい。息をするだけでも臭い！　もう、おぬしなどいらぬ。この役立たずめ、出て行けッ！　目障りだ！」

「幸江、貧乏くじを引いたな」

表を眺めていた光司郎のつぶやきで、幸江は現実に引き戻された。みそ汁が煮立ちそうになっていたので、慌てて鍋を竈《かまど》から下ろした。

「どういうことでしょう」

幸江はみそ汁をよそいながら訊ねた。

「わたしのような男の面倒を見ることになったのもそうだが、黒川家に奉公に来たこともそうだ。だが、もうそのくじは捨てるがよい」

幸江ははっとなって光司郎を見た。光司郎は静かな眼差しを向けてきた。

「そんなことはありません。貧乏くじと申されるなら、わたしの家柄そのものが貧乏くじだったのかもしれません」

「これ、そなたの親のことを悪くいうものではない。そなたを産んで、立派に育ててくださったのではないか」

幸江は黙り込んで、食事の支度を調《ととの》えた。朝作った豆腐のみそ汁に、青菜の漬物、それに海苔《のり》だった。

質素な昼餉を光司郎は文句もいわず、黙々と食べた。

「ほんとに食が進むようになられてよかったです」

幸江は口許に笑みを浮かべて、光司郎の食べっぷりを眺めていた。

「そなたの看病があったればこそだ」

肩口を斬られた光司郎がよろけるようにして戻ってきたときは、心底びっくりしたものだが、そのことで幸江は光司郎の家に長居をすることになった。

「兄上には会えないか……」

食事を終えてから光司郎は茶に口をつけた。

「会いに来たかどうかわかりません。来たとしてもあきらめて、とうに帰っているでしょう」

「そうであれば、わたしのせいだな。すまぬことをした」

「いえ、そんなことはありません。気になさらないでください」

幸江は片づけにかかった。

幼馴染みのお糸に偶然会ったのは、光司郎が斬られて数日後のことだった。そのとき、言付けを頼んでいたのだが、光司郎の傷口が悪化したために、こおろぎ橋に足を運ぶことができなくなった。気にはかけていたが、目の前で高熱を出してうなっている光司郎から離れることはできなかった。

「もうわたしの傷は心配いらぬ。そなたはこれからいかがする。まだ、江戸に留《とど》まるつもりか……」

「それは……」

ずっと光司郎のそばにいたいと思っていた。

「兄上が待っているかもしれぬ。一度、八王子に帰ったらどうだ」

幸江はさっと光司郎を振り返った。

「光司郎さんはどうなさるのです？」

「わたしはわたしだ。心配はいらぬ」

光司郎は視線を外して答えた。幸江には危惧《きぐ》していることがあった。光司郎は病床で何度も譫言《うわごと》のようにいっていたことがあった。

──許せぬ。卑怯《ひきよう》なことをしおって。誰がこのわたしを襲ったか、大方見当《けんとう》はついている。このまま黙ってはおらぬ。

光司郎は黒川家に復讐《ふくしゆう》するつもりかもしれない。もし、そんなことをしたら、今度こそ命を落とすのではないかと気になってしかたないのだ。

「……わたしもそなたの生まれた八王子に行ってみようか」

しばらくしてつぶやいた光司郎の言葉に、幸江は目を瞠《みは》った。

降りつづいている雨の音が、にわかに高くなった。

七

雨は一時強くなったが、しばらくすると、ぱたりとやんでしまった。

一膳飯屋で飯を食べながら雨宿りをしていた勇三郎は、これは運がいいと思い、格子窓に顔を近づけて空を見た。

雨雲がゆっくり動いている。空の一画には、日の光が感じられもする。このまま天気は回復しそうだ。

そう思った勇三郎は飯屋を出ると、暇にまかせて中坂《なかざか》を上った。頂上に着くと、町屋が切れ、その先は面白味のない武家地となる。つまらないので、左に折れる。まっすぐ行けば田安《たやす》御門だ。勇三郎はその手前をまた左に折れて、今度は九段《くだん》坂を下った。

雲の切れ目から射し込む日の光が、水溜まりに照り返った。もう雨はうんざりだと思うが、雨のおかげで幸江という女と知り合うことができたと思いもする。

それにしても江戸勤番は退屈このうえない。坂を下りきり俎橋に差しかかろうとしたとき、向こうの河岸道を歩いていく二人連れの侍に気づいた。

偶然にも、天野七十郎と連れの新見である。雨があがったので家を出てきたのだろう。

——ははあ、するとやつら、また悪さを企《たくら》んでいるのかもしれぬ。

顎をなでてそう思った勇三郎は、二人を尾《つ》けることにした。

尾けながら思うことがある。もし、幸江とうまい具合に近づきになれたなら、それなりの出費を覚悟しなければならない。たとえ、袖にされたとしても、もうひとり、あの女がいるのだ。もし、その女にもそっぽを向かれたとしても、とにかく金はないよりあったほうがよい。

二人が甘い汁を吸っているなら、そのおこぼれに与《あずか》ってしまうか……。

勇三郎は前を歩く新見と天野の背中を見て、勝手なことを考える。

その日、天野と新見が立ち寄ったのは、三河町《みかわちょう》二丁目にある、とある料理屋だった。小さな店なので、勇三郎ははす向かいにある茶店の縁台に腰をおろして、様子を見ることにした。ところが、二人はなかなか出てこない。半刻《はんとき》（一時間）、一刻と過ぎていったが、新見と天野はいっこうに出てくる様子がない。その間に客の出入りがあったが、店のなかの様子を窺《うかが》うことはできなかった。

出入りした客は町人より侍のほうが多かった。ひょっとすると、二人は順番に職探しをしている御家人らと面談をしているのかもしれない。店の戸が開くたびに、勇三郎は葦簀《よしず》の陰に身をひそめ、何杯も茶のお代わりをした。

雨雲は去ったが、相変わらず雲は多い。ときおり日が射したり消えたりを繰り返した。

新見と天野が店の表に姿を現したのは、西の空にかすかな夕焼けが見えたときだった。二人とも何やら満足そうな顔で、笑みが絶えない。そのまま北のほうに足を進めてゆく。

勇三郎は茶店を出てあとを追うように尾けた。

しばらく行くと町屋が切れ、武家地となり、大名屋敷の裏に出た。一本の大きな欅《けやき》が、屋敷のなかに聳《そび》えている。人通りは少ない。

勇三郎はこのまま尾行をつづけても埒《らち》が明かないと思い、足を急がせて二人の背後に迫り、「そのほうら」と、声をかけた。

新見と天野はビクッと肩を動かすと、足を止めて同時に振り返った。天野が勇三郎を見て、露骨にいやな顔をした。

「また、きさまか……」

「よく会うな」

勇三郎はにたついて、二人に近づいた。

「新見、話したのはこの男だ」

天野が新見を見ていう。

「いいがかりをつけてきた不届き者とは、きさまのことか」

新見が肩を怒らせて、にらみを利かした。

「不届き者とは、また言葉が悪い。悪事を働いているのは、むしろ、おぬしらのほうではないか」

「何をッ」

新見が色黒の顔を紅潮させた。

「まあ、そう気色《けしき》ばむな。拙者は喧嘩を売ろうというのではない」

「おぬし、たしか八木勇三郎と申したな。拙者は忠告をしたはずだ。今度妙ない掛かりをつけてきたら、ただではすまさぬと。忘れたわけではなかろう」

「覚えているが、いい掛かりなどつけるつもりはない。相談があるだけだ」

「相談……ふん、見も知らぬ輩《やから》と相談などするつもりはない」

「ほう、そうか。拙者の主が若年寄席にある森川内膳正さまだとしても、相手をしないと申すか」

案《あん》の定《じょう》、二人は驚いた顔をした。小普請組は老中支配下にあるが、若年寄は幕府重鎮《じゅうちん》にほかならない。

「悪事を知っておきながら、黙って見過ごすことはできぬのよ」

「どんな悪事だと申すのだ？」

刀に手を添えて新見が一歩踏みだした。

「胸に手をあてておのれに聞けばわかることだろう。二人は小普請組の世話役らしいな。上役の支配組頭は黒川鐵之助殿だ」

これはすでに、天野家のそばで聞き込んでいることだった。

「そんなことをどうやって……」

天野と新見は驚いていた。勇三郎はたたみかけるように言葉を重ねた。

「役職をほしがる御家人相手に、仲介のためといって口銭《こうせん》を取っての荒稼ぎ。黙っているわけにはいかぬ」

「そんな証拠《あかし》がどこにある」

「証拠……ははは、そんなものはいらぬだろう。目付《めつけ》の調べが入ればあっという間のことではないか」

「な、なんということを」

新見は戸惑ったが、天野が落ち着きを取り戻した顔で、勇三郎に近づいた。

「相談と申したが、それはいったいどのような……」

「天野殿は話がわかる人のようだ。要は簡単なことだ」

「何でござろう……」

「拙者の口を封じたければ、口止め料を払ってもらおう。なに、吹っかけたりはせぬから、いらぬ心配は無用だ。……悪い話ではないと思うがな」

勇三郎は余裕の顔で、天野と新見を交互に眺めた。

「口止め料をほしいと……そう、申されるか……」

天野はくぐもった声を途切れさせていった。その視線が足許に落ち、それから背後に向けられて、勇三郎に戻った。いや、勇三郎の肩越しに遠くを見たようだった。その目つきが明らかに変わっていた。

勇三郎は両の眉を動かして警戒した。

「口止め料。……ならば、払って進ぜよう」

天野はそういうなり、さっと腰を沈めて刀を鞘走《さやばし》らせた。

第五章　再会

一

警戒をしていた勇三郎は、とっさに後ろに飛びすさって、天野の一撃をかわしたが、第二の斬撃《ざんげき》が襲いかかってきた。勇三郎はさらに間合いを取って、ようやく刀を抜いたが、すでに天野はつぎなる白刃《はくじん》を閃《ひらめ》かせていた。

勇三郎は刀の峰で天野の凶刃を受け止めた。ガチッと鋼《はがね》が耳朶《じだ》をたたき、鍔《つば》迫《ぜ》り合いとなった。獰猛《どうもう》な獣が牙を剝《む》いたような天野の顔が間近にあった。そのまま勢いにまかせて天野は押してくるが、勇三郎は足を踏ん張って持ちこたえた。

「やめろ、早まるな」

意外や、新見が二人の争いを止めるようなことをいっている。しかし、勇三郎は引くに引けなかった。下がれば、その隙《すき》をつかれそうだし、無理に押せば、素早くかわされそうな気がする。

「……うぐっ。たわけたことをぬかすやつだ。おぬしの口止め料は、この刀が返事をする。覚悟しろ」

奥歯を嚙みしめたまま天野は、くぐもった声を歯の隙間から漏らす。

勇三郎は天野の気迫に恐れをなしていた。このままでは斬られるという恐怖が全身を貫く。しかし、むざむざ斬られるわけにはいかない。

「二人とも刀を引け、引くんだ。斬り合ってどうする。やめろ、やめろ」

新見がそばで怒鳴るようにいうが、天野は聞く耳を持たない。

勇三郎はもう少し強引に間に入ってわけてくれと、内心で思うが、新見は離れたところで喚《わめ》くだけだ。

「新見、おまえも助太刀いたせ、こやつを斬るしかない」

勇三郎は慌てた。新見が刀を抜いたら、自分は完全に斬られる。そんなのはごめんである。どうにかしてこの危機を抜け出したいが、その術《すべ》がない。

踏ん張っている足がぬかるみにはまって滑りそうだ。腰を入れて、天野を押し返そうとするがビクともしない。天野は痩せて見えるが、腕力は見た目とは違うということを思い知らされた。

「すわッ！」

裂帛《れっぱく》の気合を発して、天野が飛び下がりながら上段撃ちを見舞ってきた。勇三郎は金壺眼を見開き、悲鳴をあげそうになった。そのとき足が滑って、両手をついてしまった。すぐさま、天野が撃ち込んできた。

勇三郎は横に転がって逃げると、素早く立ちあがって背後の土塀に背中をつけた。そのまま青眼《せいがん》の構えを取る。

「いかん。天野、人が来た」

新見の声で、天野の目が泳いだ。

瞬間、勇三郎は反撃に出たが、あっさり弾き返された。

「天野、そこまでだ。行くぞ。急げ」

新見に急《せ》かされた天野は、勇三郎に一瞥《いちべつ》をくれて駆け去っていった。

勇三郎は土塀に背中をつけたまま荒い息をしていたが、近づいてくる三人の侍を見て、これはまずいと思った。斬り合いをしたことが、江戸詰の者に知れたら大変なことになる。刀を鞘に納めると、逃げるようにその場を離れた。

しばらく行って背後を振り返ったが、現れた三人の侍が追ってくる気配はなかった。ホッと、肩を動かしてため息をついたが、脇の下にびっしょり汗をかいていた。

おそらく冷や汗だろう。あわや斬られるところであったが、勇三郎はめげていなかった。内に秘めた闘志に火がついたように、怖《お》じけるよりも腹立たしくなったのだ。

くそッ、このまま放ってはおかぬ。何としてでも、あの二人を痛い目にあわせてやりたい。金を無心しようとした自分が甘かったのだ。正道《せいどう》を貫いて、やつらを窮地に追い込んでやると、いつになく正義感まで奮い立たせる。

しかし、その興奮も歩くうちに次第に収まってきた。気がついたときは、鎌倉河岸まで戻っていた。

すでに日が暮れており、料理屋や居酒屋の軒行灯《のきあんどん》や提灯に火が点《とも》されている。勇三郎は目についた縄暖簾に飛び込むように入ると、酒を注文して、冷や酒をあおった。

ささくれていた気持ちはそれで静かになるはずだったが、実際は撃ちかかってきた天野のことが思い出され、ますますむしゃくしゃと心が荒れてきた。

やはり、やつらのことは許せぬと、勇三郎は盃を強く握りしめて、酒をあおった。

二

「まさか、こんなことになろうとは……」

牛山はがっくりとうなだれた。

その姿を菊之助とお志津は気の毒そうに眺める。居間には行灯が点され、障子に三人の影が映っていた。

菊之助は湯呑みを包むように持って茶を飲み、考えた。秀蔵は黒川家への内偵は難しいので、町奉行所のほうで手をまわして探りを入れるから、しばらく待てといった。しかし、じっと待っているわけにもいかない。

「黒川家の使用人をあたるというのはどうでしょう……」

お志津が遠慮気味な声でいった。

「しかし、秀蔵の忠告がある。相手は旗本だから下手なことはできないのだ」

菊之助が諭すようにいった。

「幸江さんの行方を訊ねることもできないのでしょうか……」

「ふむ。そうだな」

「荒金さん、ご新造さん、もう妹のことはよいです。これ以上、お二人の手を煩《わずら》わせることはできません」

牛山は申し訳なさそうに頭を下げた。

「でも、たったひとりのお身内でしょう。ひょっとすると、まだこおろぎ橋で幸江さんは待っておられるかもしれませんわ」

「それはもう……」

「いいえ、すれ違いということもあります。だって、牛山さんは朝から晩まで待っていたわけではないでしょ。幸江さんだって、日中待っていたのではなく、ときどき様子を見に行っただけかもしれないし、何かの事情があって来られないのかもしれませんわ」

「あれは黒川家を追い出された竹屋という男と出奔《しゅっぽん》したのですから、もう……」

「待ってくれ」

菊之助が遮って言葉を継いだ。

「竹屋が追い出されたのは一月ほど前だという。そして、牛山が妹さんの言付けを聞いたのは、半月ほど前だったな」

「もう半月以上たってはおりますが……」

「そうだが、幸江さんが言付けをお糸という女に頼んだのは、黒川家を出たあとだ。つまり江戸にいるということではないか……」

「でも、どうして、こおろぎ橋だったのでしょう」

その疑問に、菊之助も牛山もはっとなった。

「いわれてみればそうだな。なぜだろう……」

菊之助は腕を組んで、言葉を継いだ。

「住まいがこおろぎ橋に近いのではないだろうか。それとも勤め先が、近くにあるとか……。日本橋は人が多すぎるし、人待ちするには厄介《やっかい》な場所だ。両国《りょうごく》橋とて同じだろう。しかし、こおろぎ橋なら待ち合わせをしても見失う恐れはない」

「菊さんのいわれるとおりかもしれない。人待ちするための橋なら、思案《しあん》橋でもこの近くの高砂《たかさご》橋でもいいのですからね。そうだわ、きっとそうですわ。幸江さんはこおろぎ橋の近くにいるのよ」

お志津が目を輝かせていう。

「いえ、もうあの辺は聞いてまわっております。無駄でしょう。幸江は竹屋という男と逃げたのです。きっとその竹屋に諭《さと》されて、もうわたしに会うつもりはないのかもしれません」

「しかし、会いたいという言付けがあったのだ」

「気が変わったのかもしれません。男がいっしょにいるのですから……。それよりお駒殺しの下手人捜しに力を入れたほうがよいと思います」

「あきらめたようなことをいうな」

菊之助は怒ったような顔になった。

「よし、こうなったら明日、黒川家の使用人をあたろう。竹屋という男の住まいぐらい知っているかもしれない。訊ねるだけなら差し障りはないはずだ」

「そうよ。それでもしわからなかったら、しかたないかもしれませんが、やれることをやるべきです」

お志津も牛山を説得した。

三

八木勇三郎は武士長屋の表に出て、大きく伸びをした。空は気持ちよいほど晴れあがっている。雲ひとつない青空だ。

一晩寝たので、むしゃくしゃした気分は幾分収まっていた。それにこのよい天気である。天野と新見のことは頭の隅にあるが、真っ先に思い立ったのが、幸江のことだった。

幸江は傘を返しに、こおろぎ橋に持ってくるといった。ひょっとすると今日あたり、あの橋に来るかもしれない。そうだ、今日はあの橋で幸江を待とう。

勇三郎は天野と新見への仕返しを後まわしにして、先にそうしようと決めた。

「おい、勇三郎」

隣の家から出てきた小川金右衛門が声をかけてきた。

「なんだ?」

「今日はいい天気だ。もう雨も降らぬだろう。どうだ釣りにでも行かぬか」

「釣り……」

「ああ、江戸にはほうぼうに結構な釣り場があるらしい。海釣りでも川釣りでもどっちもいいという。昨日ちょっとした釣り場を聞いたのだ。なんでも、いやってほど鱚《きす》が釣れる川があるらしいのだ。今夜はそれを酒の肴にしようじゃないか。からっと天麩羅《てんぷら》にしてな」

「へん、鱚は春だろうが」

「馬鹿いえ。秋だって鱚は釣れるんだ。どうだ、行かぬか」

金右衛門は嬉しそうな顔で誘ってくる。

「あいにくおれには用があってな。今日は付き合えないな」

「用など後まわしにすればよいだろう。どうせ急ぐようなことではなかろう」

「そうはいかないのだ」

そこへ、口うるさい北村勘兵衛《かんべえ》が、小難しそうな顔をしてやってきた。

「これ、おまえたち」

と、袴《はかま》のしわを伸ばしながらいう。

「殿は毎日登城されて役目に励まれている。わしらもただ暇をつぶしているわけにはゆかぬ。今日は屋敷の草むしりをするゆえ、みなに伝えておけ」

勘兵衛はそういいつけて行こうとしたが、何かを思い出したように立ち止まった。

「そうだ、草むしりはよい。ご家老が厩《うまや》の掃除が行き届いておらぬと嘆いておられたから、おまえたちは厩の掃除をやってくれ」

「厩ですか……」

勇三郎があきれたような顔をすると、勘兵衛は干し柿のような顔にある目をきつくした。

「なんだ？」

「厩だったら馬方の仕事ではありませんか」

「手伝ってやればよいではないか。馬方だけでは掃除が行き届かないのだ。わかったな」

勘兵衛はそれだけをいうと、表玄関のほうへ歩き去った。

勇三郎と金右衛門は呆然《ぼうぜん》と見送ってから、顔を見合わせた。

「厩の掃除だとよ」

と、勇三郎は放心の体《てい》でいう。

「厩は臭いからな……」

「ああ、あそこは臭い」

「だが、やらぬわけにはいかぬ。北村さんのいい付けを聞かないと、あとで何をいわれるかわからぬ」

「そうだな」

応じた勇三郎は臭い体では幸江には会えないと落胆する。こうなったらさっさと掃除をすませて、風呂に浸かるしかない。

「金右衛門、しようがない。これから早速取りかかろう」

幸江は井戸端で洗濯を終えると、洗ったものを物干しに干していった。手拭いや襦袢《じゅばん》や下穿《したば》きである。こんなことをしていると、すっかり光司郎の妻になった気分になる。先行きの不安はあるが、光司郎といると心が穏やかになるし、教えられることが多い。

幸江はいまになって自分のいたらなさを反省していた。兄・弓彦を情けないと思ったり、逆らうようなことをいったのは間違いだった。兄は兄で、苦悩していたのだといまになってわかる。親戚の世話を受けたのも、しかたがなかったのだ。改易となって、いきなり浪人になったのだから、身の置き所がなかったのだろう。自分はそんな兄のことを思いやることができなかった。

貧しい御家人暮らしを余儀なくされている光司郎を見ていると、つくづくとそのことを思い知らされるのだ。光司郎は家禄が少ないために多額の小普請金を納める必要はないが、生活はきわめて苦しい。それなのに愚痴のひとつもこぼさず、黒川家に仕えてきた。いまや、その職もなくし先行きの見通しもない。

心中は決して穏やかではないはずだ。刀を捨てようかと、ぽつりといったことがある。捨てて商人か、職人になってみようかと……。

あのときの深刻な顔が、幸江の瞼《まぶた》に焼きついていた。

きっと兄もそんなことを考えていたに違いない。思い悩んで、将来のことを考えていたのだ。そんな苦悩も知らずに、自分は兄にだらしない、子供ではないのだからいくらでもやることはあるはずだと、きつい言葉を投げつけた。

いいや、兄を兄とも思わず見放してしまったのだ。そして、郷里を捨て江戸にやってきたのだった。しかし、そこにも問題があった。

幸江は武家の出であることを誇りに思っていた。落ちぶれても自分は武家の娘だという矜持《きょうじ》を持ちつづけようとしていた。

だから、最初に奉公した料理屋では我慢がならなかった。村から出てきた百姓の娘と同じ扱いに耐えられなかった。本当は素直に受け入れなければならなかったのだ。

お駒にもそのことでずいぶん文句をいわれた。

——いつまでもお高く止まっているからよ。あんたはその気持ちをなくさないと、どこへ行っても務まらないわよ。

お駒の言葉に腹を立てた幸江は、いい返した。

——ずいぶんひどいことというわね。その気持ちとはいったいなによ。あなたに何がわかるというのよ。

幸江はもともと鼻っ柱が強く、気位《きぐらい》の高いところがあった。旅籠の娘にえらそうな口をたたかれたくなかった。

——あんたには、お武家の出だという気取りがあるのよ。でも、そうじゃなくなったのだから潔くその気持ちを捨てるべきよ。素直に女中です、下女ですと、人に使われる気持ちにならなきゃだめよ。

お駒のいっていることはわかっていた。でも、わかりたくなかった。だから、これをかぎりに二度とお駒には会わないといい切ってしまったのだ。

以来、お駒には会っていないが、やはり自分がいたらなかったのだから、一度会って謝ろうと思う。いっしょに八王子を出てきたのだし、幼いころから知っている友達である。むげに縁を切ることはないのだ。会って仲直りすべきだった。

昨夜、お駒と自分のことを正直に、光司郎に打ち明けていた。

最後まで黙って話を聞いた光司郎も、

「自分のいまの気持ちに素直にしたがうのはよいことだ」

といってくれた。

洗濯物を干し終えた幸江は、晴れあがった空を見あげた。

そうしよう。今日はあの侍に借りた傘を返すついでに、お駒に会いに行こう。

心に決めた幸江は、空になった盥《たらい》を抱えて家に戻った。と、三和土に入ったとたん、ギョッとなった。

光司郎が抜き身の刀を宙にかざしていたからだった。

「何をなさっているのです?」

刀身を見つめていた光司郎の目が、幸江に向けられた。しかし、思い詰めたような顔に、やわらかな笑みが浮かび、

「手入れだ。ずいぶん放っておいたからな」

と、刀を鞘に納めた。

幸江はほっと胸をなで下ろして、さっき考えたことを口にした。

「それはよいことだ。ぜひともそうなさい。きっとお駒さんも喜ぶであろう」

「お昼にでも行ってこようと思います」

「昼……」

つぶやいた光司郎はしばらく考えてから、言葉を足した。

「お駒さんは仕事をしているのではないか。だったら晩か夕刻がよいのではないか。それに傘を貸してくれた侍も、何か役目を持っているかもしれぬ。昼間は会えないのではないいだろうか」

そういわれれば、そんな気がする。八木勇三郎と名乗った侍は、あの日非番だったのかもしれない。

「そうですね。それじゃ夕方に行ってみることにします」

「うむ」

「いまお茶を淹れます」

幸江は台所に立って、急須に葉を入れて茶を淹れにかかった。

「幸江はこれからどうするつもりだ?」

そう聞かれた幸江は、茶を淹れる手を止めた。そのことをいつ聞かれるかと、気になっていたのだった。そのための返事も考えていたが、すぐに応じることができなかった。黙って茶を淹れて、光司郎に差しだすと、

「わたしといつまでもいるわけにはいかぬだろう」

と、いわれた。

「あの、わたしと八王子に行ってくださるのではありませんか」

「そのことも考えてはみたが、そなたに迷惑がかかってはならぬ」

「迷惑だなんて、そんなことはありません。わたしは光司郎さんのそばにいたいと思っています。……いけないでしょうか？」

すがるような目を向けると、光司郎は黙って茶に口をつけた。

「貧しくてもかまいません。……わたしは働きに出ますから、そばに置いてもらいたいのです」

「気持ちは嬉しいが、さてどうしたものか……。わたしはそなたを幸せにしてやることはできない」

「なぜ、そうはっきりおっしゃるのです。わたしはそばにいるだけで幸せです」

「いまはそうかもしれぬが……先のことはわからぬ」

「わたしはついてまいります。もう苦労には慣れております」

「口でいうのは容易《たやす》いが、実際は難しいものだ。……だから、よく考えることだ。いずれにせよ、この長屋は払わねばならぬ」

「払う……」

幸江は目を丸くした。

「ここは借りたばかりではありませんか。払ってどこへ行くとおっしゃるのです」

「それは考えている。とにかくそなたは、一度八王子に帰ることだ」

「帰るなら、いっしょに帰ってください。そうしてくださいませんか」

幸江は光司郎の手を取って懇願したが、光司郎は黙ったままだった。

四

新見与市郎《よいちろう》の家は、天野七十郎と同じ神保小路でも外れの目立たない場所にあった。木戸門を入って数歩進めば、もう玄関である。部屋は六畳と三畳、そして寝間に使う四畳半があるだけだが、恵まれない御家人にしてはよいほうだろう。

その家の縁側で、新見と天野は話し込んでいた。

「やはり、放ってはおけぬな」

新見は深刻な顔でいう。

「八木勇三郎の殿様は若年寄だ。西の丸詰と聞いたが、ことが耳に入れば、わしらの身は安泰ではない」

天野はつてを頼って、森川内膳正のことを調べていたのだった。それで、八木勇三郎が口にしたことが嘘でないとわかり、顔面蒼白《そうはく》になった。

「八木という男のことはわからぬが、とにかく森川内膳正の家来であるのは間違いない。昨日あやつがいったことはただの脅しではないはずだ」

天野は言葉を継いでから、ぬるくなった茶に口をつけた。

「それじゃ、いかがする。八木はおれたちの金をほしがっただけではないのか。だから口止め料などといったのだ」

新見は色黒の顔を天野に近づけていう。

「金を払って抱き込むというのか……」

「それも致しかたなかろう」

「ああいう男は、図に乗ってくるぞ。最初は小さくいってくるだろうが、そのうち吹っかけるかもしれない。何しろあやつはこっちの弱味をにぎっているのだからな。二両が三両、三両が五両になり、五両が十両になるやもしれぬ」

「うむ、たしかにおぬしのいうとおりだ」

新見は腕を組んで考えた。

「あやつ定府の身なのかな……」

「そんなことはどうでもいいだろう」

「困ったな」

天野は庭の柿の木を見て、ため息をついた。昨日あの場で斬れなかったのが、何とも悔やまれるが、こうなったからには早く手を打たなければならない。

「斬るか……」

天野が思っていることを新見が口にした。

そんな新見を、天野はまじまじと見つめた。

「それしかないか。……ならば、ゆっくりはしておれぬぞ。明日、明後日に延ばすことはない。肚《はら》をくくったなら、今日にでもやろうではないか」

「よし、ぬかりなく……」

「うむ」

二人は脇差の鍔《つば》を打ち合わせて、金打《きんちょう》した。


その朝、菊之助と牛山は、黒川家の勝手口を見張っていた。表門では何かと問題があるだろうと気を使ったのだ。

勝手口の出入りはしばらくなかったが、最初に下女奉公している女を捕まえることができた。黒川家の内情には触れず、幸江のことを聞くと、よく知っていた。

「わたしと同じ部屋に寝泊まりしていたんです」

という。

「それでこの家を出て行くときは、どこに行くとも告げずに出てしまったのだろうか？」

菊之助の問いに、下女は人を疑うような目になった。

「どうして幸江さんのことを……」

「わたしは幸江の実の兄なのだ」

牛山が進み出て答えると、下女は驚いたように目を瞠った。

「何としてでも妹に会いたいのだ。行き先を知っているなら教えてもらえまいか」

「それがわからないんです。幸江さんはお使いに出られたその足で、姿をくらまされたのです」

「竹屋という手廻り侍といっしょに出たと聞いたが……」

「竹屋さんが屋敷を出られて、間もなくのことでしたから、きっとそうではないかと思っているのです」

下女は何度もまばたきをして、菊之助と牛山を交互に見た。

「行き先を知っている者はいないだろうか」

「さあ、それはわたしには……」

「誰かに聞いてもらうことはできないか」

迫るように聞く牛山に、下女は難しいことだという。

「うちのお殿様と奥様は、とても厳しい方です。滅多なことを人にいってはいけないといわれておりますし……」

下女は申し訳なさそうに頭を下げる。

「ただ妹のことを訊ねるだけなのだ。力を貸してくれないか」

それでも下女は難しいというだけだった。

しかたないので別の者を捕まえて聞くことにしたが、屋敷への出入りはまったくない。

待つことに痺《しび》れを切らした菊之助が表門にまわろうといったとき、背後の勝手口の扉が開き、ひとりの男が出てきた。

そのなりから中間と思われた。髷《まげ》の薄い痩せた男だった。

「つかぬことを訊ねるが、こちらに幸江という女が奉公していたはずだが、どこへ行ったかわからぬか？　別にあやしい者ではない。この者はその幸江殿の実の兄でな。行方を捜しているところなのだ」

菊之助は牛山を紹介していった。

中間は突然のことに、目をキョロキョロさせた。

「行方といわれましても、わたしにはとんと見当もつきません」

「それでは竹屋という男の住まいを知らぬか?」

「さあ、それも……」

「竹屋は通いではなかったのか?」

「いいえ、屋敷の長屋に住んでおられました。どうして、急にあんなことになったのかよくわかりませんが、竹屋さんの行き先もとんとわかりませんで……」

中間はさっきの下女より口が軽かった。

「誰かわかる者はいないか?」

「竹屋さんは殿様のお怒りを買って追い出されたようなものですから、知っている人はいないはずです。何もいわずにさっさと出ていかれたままですので……」

「そのあとを幸江は追っていったのだな」

牛山が聞いた。

「まあそういうことになるんでしょう。竹屋さんが出ていかれたあと、使いに出された幸江さんはそのまま、神隠しのように姿をくらましたのですから」

「幸江は荷物を残していったのでは……」

「持ち物は、あまりなかったので、着の身着のままです。女中たちは化粧道具と財布だけを持っていったといっております」

結局、幸江の行方も竹屋光司郎の行方もわからずじまいである。

菊之助と牛山は、俎橋のそばで昼飯を食べると、今度は元飯田町の聞き込みをすることにした。すでに幸江のことは聞きまわっているが、まだあたっていない長屋もあった。

飯田川を背にして、九段坂の通りと中坂の通り、そしてこおろぎ橋の先から上りになる冬青木《もちのき》坂の通りを順番にあたっていった。

しかし、無駄に時間は過ぎるだけで、幸江を知っている者はおろか、竹屋光司郎を知っている者もいなかった。

いつしか日は大きく傾き、空にはうろこ雲が浮かんでいた。

「その辺をひとまわりして、戻るか……」

菊之助が疲れた顔でいうと、牛山は申し訳ないと詫びる。

五

新見と天野は、森川家上屋敷表門を見通すことのできる表猿楽町《おもてさるがくちよう》の通りにいた。通りといっても、目立たないように小さな稲荷社の陰に身をひそめていた。目の前には常陸土浦藩《ひたちつちうら》土屋采女正《つちやうねめのしよう》上屋敷の長塀がある。

「なかなか出てこないな」

新見は落ち着きなく、通りを眺めては石段に腰をおろす。天野も柊《ひいらぎ》の枝をかきわけて、何度も森川家の表門に目を注いでいた。

「もう昼を過ぎた。腹が減ってきた」

新見は腹をさすりながらぼやく。

「飯どころではないだろう。おれたちの進退がかかっているのだ」

天野はときどき怠惰なことをいう新見のことを腹立たしく思うことがあるが、そこはぐっと堪《こら》えるしかない。弁の立つ新見は、よき相棒なのだ。斡旋を名目に賄賂を受け取ることができるのも、新見の弁舌が重きをなしている。

「しかし、もうやつが内膳正に告げ口していたらどうなる……」

新見にいわれた天野はうなった。それを一番危惧しているのだ。

「それは困るに決まっておろう」

「困るではすまされぬぞ」

座っている新見が硬い表情になって、天野を上目遣いに見た。

「……露見したらどうなるのだ？」

「それは……取り潰しは免《まぬか》れぬだろうな」

天野は背筋に冷たい汗がつたうのを感じた。取り潰しなどごめんだ。

「すると無宿《むしゅく》になるということか」

「だからまずいのだ」

「新見、いうな。まずはあの八木勇三郎を捕まえ、どうなっているか聞きだすのだ。まだ告げていなければ、救いはある。話次第では、やつの求めに応じてもいい」

「斬るのはやめると……」

「それはわからぬ。とにかくやつの話を聞いてからだ。無論、斬る肚づもりではいるが……」

天野は空を見あげた。まだ明るい。明るいうちは斬れない。もっとも人気のないところにおびきだして始末することはできるが、その前に何としてでも八木勇三郎を見つけなければならない。

「やつは内膳正と登城しているのではあるまいな。そうであれば、下城してくるのは夕刻になるのではないか」

「おれもそのことが気にかかっていたのだ。しかし、無闇にやつのことを聞くわけにはいかぬだろう。あとあとのことを考えれば、ここで見張っているしかない」

天野は森川内膳正の屋敷から出てきた男に目を光らせた。やつか……。しばらく息をつめて見ていたが、八木勇三郎ではなかった。


厩掃除はとんでもなかった。もうこんなことは懲《こ》り懲《ご》りだと、勇三郎は同輩の金右衛門に愚痴をこぼすことしきりである。

「まったく、なぜおれたちがこんな貧乏くじを引かされるのだ。おぬしが釣りに行こうなどというからだ。あそこで立ち話をしていなかったら、あの偏屈な北村さんに見つからなかったはずだ」

「そんなことをいってもしかたなかろう。おれだって、こんなことになるとは思わなかったのだ。それにしても、おぬしの面に、馬の糞がついておるぞ」

金右衛門は大口を開けて笑う。勇三郎は慌てて手の甲で馬糞をぬぐったが、かえって広がってしまったので、金右衛門が腹を抱えて笑う。

二人の体には馬糞だけでなく、馬の小便臭い藁《わら》がくっついていた。手も足も泥だらけである。

「笑うな。笑うやつがあるか。おぬしとて、その胸のあたりに、ほら糞の混じった泥が……」

「な、なに……」

金右衛門は慌てて胸のあたりの汚れをぬぐった。

「とにかく湯屋に行って、汚れを落とさねばならぬ」

勇三郎はそういって長屋に足を向けたが、表門のほうに草むしりをしている仲間の姿があった。それを監督しているのが、口うるさくて嫌われ者の北村勘兵衛だ。

「おい、金右衛門。風呂には行けぬぞ。北村さんに見つかったら、今度は草むしりをいいつけられる」

「それは困ったな」

「井戸だ。井戸で洗うしかない」

二人はそこでまわれ右をして、井戸端に行ってざぶざぶと水を被り、体の汚れを落とした。勇三郎は髪も結いなおしたかったが、櫛《くし》を通すだけにした。

長屋に戻ると急いで着替え、大小を腰に差した。それから出かけようとしたが、表門には北村の姿がある。これはまずいと思い、見つからないように屋敷裏に向かった。賄方《まかないかた》や下女、あるいは行商の者たちが出入りする勝手口である。

勇三郎は表に出ると、屋敷裏の細い通りに出て、武家地の路地を右へ左へと進んだ。もう大分日が傾いている。幸江はやってきただろうか、それともまだだろうか、会いたいが会えないかもしれないと思うと、心が焦った。新見と天野のこともあったが、まずは幸江に会うことのほうが、いまの勇三郎には重要だった。

六

「幸江」

呼び止められたのは、幸江が勇三郎に借りた傘を持って戸口を出ようとしたときだった。振り返ると、光司郎が真顔で見つめてきた。

「わたしも出かける。少し遅くなるかもしれぬが、心配はいらぬ」

「どちらへ行かれるのです?」

「この家にいるのも長くはない。家主にその旨《むね》を伝えてこようと思う。無理をいって住まわせてもらった手前、義理を欠いてはならぬからな」

「わたしは傘を返したら、すぐに帰ってまいります」

「うむ、気をつけて行くがよい」

幸江はそのまま光司郎の家を出た。日は大きく傾き、西の空に浮かぶ雲があわい朱色を帯びていた。光司郎は本当に家を払うようだ。でも、どこへ行くとは聞かされていない。幸江はそのことが気になったが、しつこく訊ねるのを控えていた。

光司郎がどこへ行こうが、幸江はついていくつもりだった。

足を急がせてこおろぎ橋までやってきたが、八木勇三郎の姿はなかった。しばらく橋の上で待ってみたが、やってくるのは知らない侍ばかりだった。

先にお駒に会いに行こうかと思った。奉公先は本石町の萬石だから、まだ帰宅していないだろうが、長屋を見るだけ見ておこうと思ったのだ。

橋を渡って元飯田町に入り、お駒の住む作兵衛店の前で立ち止まった。ここに来るのは約一年半ぶりだ。喧嘩別れして以来だが、昨日のことのように思われた。路地に入ると、元気な子供たちの声がした。奥の井戸端で二人の女房がおしゃべりをしながら洗い物をしていた。長屋の路地にわたされた紐に、洗濯物が吊されている。

留守でない家は戸を開け放してある。留守の家は戸が閉まっている。お駒の家の戸も閉まっていた。腰高障子《こしだかしょうじ》は張り替えられたばかりらしく、真新しかった。

……やっぱりまだ店のほうにいるのだわ。

閉まっている戸を見て思った。あとで店のほうを訪ねてみようかと、きびすを返した。

「あんた……」

声に振り返ると、そばに老婆が立っていた。

「新しく越してくる人かい？」

「は……」

「この家に越してくる人なんだろ」

老婆のいっている意味がわからなかった。

「いいえ、わたしはお駒ちゃんに会いに来ただけです。まだ帰っていないようですね」

幸江の言葉に、老婆は目を細めて小首をかしげた。

「あんた、お駒さんの知り合いかい？」

「ええ、同じ国の出です。小さいころからの友達で、江戸にもいっしょに出てきたのです」

「……気の毒に」

「え？」

老婆は小さくため息をついた。

「あたしゃ米というんだけど、お駒さんにはよくしてもらってね。そりゃあたしの娘のように思っていた子だったよ」

「あの、どういうことです？」

「可哀相に、殺されちまったんだよ」

幸江は一瞬言葉を失って、まばたきをした。

「……まさか、そんなことが」

「ほんとにお駒さんは殺されちまったんだよ。身寄りがないということで、回向《えこう》院《いん》で無縁仏になっているよ。もう十日近くたつんじゃないかね。殺されていたのを見つけたのは、あたしなんだよ」
「う、嘘。嘘でしょ……」
「あんたに嘘をいってもしかたないだろう。もうこの家には誰も住んじゃいない
よ。だけど、あんた同じ国の出だといったね。どうして来てくれなかったんだい。
あんたが来ていれば、国に帰ることができたのに……」
「そんなこといわれても、何も知らなかったのです。で、でも本当なんです
か？」
　お米はせつなそうな表情でうなずいた。
　幸江は衝撃を受けていた。まさか、自分の知らない間にそんなことが起きてい
たとは思いもしなかった。近くにいながら、依怙地《いこじ》になっていた自分を悔やみも
した。
　幸江は腰高障子に手をかけて、戸をゆっくり開けた。家のなかはがらんとして
いた。そこには人の姿はもちろんなかった。
　――お駒ちゃん。
　最初に訪ねてきたとき、お駒はそこの畳に座って、屈託《くったく》のない笑顔を向けてき
た。

昔のことを頭に浮かべると、胸の内が熱くなり、目に涙が浮きあがってきた。

ほんとに死んでしまったの……。いったいどうして？　胸の内で問うても、返事などあるわけがない。昔のことを謝って仲直りしようと思っていたのに、それも叶わなくなった。冷たい風が寂寞《せきばく》とした心を吹き抜けていった。

「そういえば、あんた、そこの橋に何度か立っていたことがあったね」

幸江が呆然としていると、お米がそんなことをいって、しげしげと見つめてきた。幸江は涙をぬぐって、ええと、うなずいた。

「あんたを捜していた人がいるんだ」

「もしや……」

「あんたの兄さんだという人も来たけど、他に町方の旦那たちも来てね。あんたを捜しているようだったよ」

「町方……」

どうして町方の人間が自分を捜すのかわからなかった。しかし、兄はやはりこおろぎ橋に来ていたのだ。今度は違う思いで胸が熱くなった。

「それはいつのことです？」

「ついこの間だよ。それにしても、お駒さんは……不憫《ふびん》なことになったもんだ

「……」

「あの、下手人は捕まったのですか？」

お米は首を横に振った。

菊之助と牛山は、冬青木坂の途中にある茶店で一休みしていた。

西の空にきれいな夕焼け雲が浮かんでいた。紺碧《こんぺき》の空を背景にしたうろこ状の雲は、黄金やあわい朱色を帯びていた。

「うまくいかぬな」

湯呑みを置いて菊之助はつぶやく。幸江捜しをあきらめきれなかった菊之助は、もう一度近所をあたりなおしたのだが、結果ははかばかしくなかった。

「もうやるだけのことはやりました。荒金さん、いろいろとご面倒をおかけしましてありがとう存じます。もう幸江のことはあきらめますので、お駒の下手人捜しを手伝うことにします」

そういわれると、菊之助も言葉を返せない。たしかに幸江捜しの手は尽くしたといっていい。これ以上は捜しようがない。

「後悔はしないか？」

菊之助は疲れた顔をしている牛山を見た。

「ええ、もう結構です。残念ではありますが、生きていればいずれどこかで会えるでしょう。そろそろ帰りましょうか……」

「うむ、そうするか」

二人は茶店を離れると、坂を下りた。

疲れもあるが、徒労感で足取りは重い。二人の口も重かった。

だが、坂を下りきったとき、牛山が急に立ち止まった。その目が一方に注がれている。

「どうした？」

菊之助が聞くと、

「あやつ。また……」

と、牛山がつぶやく。

その目はこおろぎ橋の上に立っている侍に向けられていた。菊之助も一度会った例の男だ。八木勇三郎といったはずだ。牛山からそのように聞いていた。

「この前の男だな」

「何のためにあの橋に……」

「誰かを待っているのであろう。さあ、行こう」

菊之助が河岸道に足を向けたとき、

「幸江さん！」

と、勇三郎が欄干に走り寄って明るい声をあげた。菊之助と牛山は再び立ち止まって、一方に手を振っている勇三郎を見た。そして、菊之助が河岸道に顔を戻したとき、はっとその目が見開かれた。牛山も息を呑んで棒立ちになった。

前から幸江が歩いてきていたのだ。片手に傘を持ち、牛山に気づいて立ち止まった。

「幸江」

「……兄上」

七

「捜していたのだぞ」

牛山が一歩踏みだしていうと、幸江の目からぽろりと涙のしずくが頬をつたった。

「会いに来てくださったのね」

「ずいぶん捜したのだ。こちらの荒金さんにいろいろと世話になってな」

菊之助が辞儀をすると、牛山が言葉を継いだ。

「藤原道場に通いはじめたころ、師範代をなさっていた方だ。おまえに会うために江戸にやってきて、偶然お会いしたのだ」

「ご迷惑をおかけしました」

幸江は丁寧に頭を下げた。その手には傘が持たれていた。

「こういうこともあるのだな。とにかく会えてよかった。積もる話もあるだろうが、どうする？　わたしの家に……」

菊之助を遮った声がした。

「どういうことかわからぬが、幸江さん、お待ちしておりました」

と、背後から勇三郎の声がかかった。幸江は勇三郎を見てから、

「先日はご親切に傘を貸してくださいまして、助かりました。来ていらしたのですね」

といって、歩み寄った。

「待っていたのですよ」

「申しわけありません。それじゃ傘を……」

菊之助はどうなっているのかわからなかった。

「どういうことだ？」

聞いたのは牛山である。幸江が勇三郎から親切を受けたことを簡単に話し、そして勇三郎に牛山のことを紹介した。

「なに、貴公は幸江殿の……」

「ああ、兄である。しかし、思いもかけぬ親切、かたじけなく存ずる」

「そういうことであったのか……」

勇三郎はもっともらしいことをいうが、よくわかっていない顔だ。

「とにかくどうする？　道ばたで立ち話もできないだろう」

菊之助がうながすのにかまわず、

「幸江、どこに住んでいるのだ。黒川さまのお屋敷から竹屋という男を追って出奔したと聞いているが……」

と、牛山が問いかけた。

「男を追って出奔……」

勇三郎が怪訝《けげん》そうな声を漏らすが、菊之助は幸江に目を向けていた。

「話せば長くなるのですが、竹屋光司郎という方の家にいます」

「やはりそうだったのか……それで、どうするつもりなのだ？」

牛山は真正面から幸江を見て聞く。

「近いうちに越すことになっています。どこへ行くのかわかりませんが、わたしは光司郎さんと一度八王子に帰ろうと考えているのですが……」

「竹屋殿も同意しているのか？」

幸江はうつむいただけだった。

「おまえ、まさか利用されているのではなかろうな」

「まさか、そんなことはありません。光司郎さんはまっすぐな方です。ほんとは兄上に会うために、そこの橋で待たなければならなかったのですが、光司郎さんが闇討ちにあって、その傷の看病をしていたのでできなかったのです」

「竹屋という男は黒川家を追い出されていたのだな。まさか、その黒川家の者に襲われたというのではないだろうな」

牛山のこの言葉に、幸江の顔がはっとなった。

「もしや……」

と、表情をこわばらせて、顔色を変えもする。

「どうした？」

「光司郎さんは仕返しに行くのかも……」

「どういうことだ」

「兄上、思い過ごしかもしれませんが、妙な胸騒ぎがします」

幸江はそういって、みんなを振り払うように歩きはじめた。

「待て、どういうことだ？」

牛山が幸江を追いかけるので、菊之助もあとにしたがうしかない。なぜか、勇三郎もあとをついてくる。

幸江は急ぎ足になって、竹屋光司郎が黒川家を追い出された理由を話し、知り合いのつてを頼って、藤原鎌之助という旗本の所有する武士長屋を借りているといった。光司郎が闇討ちにあったのは、長屋に住み始めて間もなくのことだった。

傷が悪化して光司郎は高熱を出してうなされたらしいが、その間に何度も自分を襲った者の見当はついている、このまま黙ってはいないと、漏らしていたらしい。

「光司郎さんは家を払うといわれたり、わたしの先行きのことを心配されたりしました。それに、傷が癒《い》えたといって刀の手入れもしています。黒川のお殿様のご帰宅が何刻ごろかもよくご存じでいらっしゃいます。いえ、わたしの思い過ごしならよいのですが……」

幸江は緊迫した面持ちでいって、足を速める。

竹屋光司郎は、住んでいる長屋にはいなかった。

「もしや、黒川のお殿様のお屋敷では……」

つぶやいた幸江は、今度は表に飛びだした。牛山の制止も聞かずに、振り切って早足で歩く。菊之助も、そして勇三郎も金魚の糞のようになってあとを追った。

黒川鐵之助の屋敷は、小川町一橋通りにある。菊之助も足を運んでいるから場所はわかっている。幸江の話でおおよそのことはわかったが、心配が杞憂《きゆう》で終わることを祈るだけだ。

黒川家の前にやってきたが、人通りは極端に少ない。武家地は夕日に包まれているだけだった。

「いるか?」

牛山が聞く。幸江はゆっくり足を進めて、黒川家の表門を素通りして、勝手口のほうへまわった。しかし、その小道にも人の姿はなかった。

「取り越し苦労ではないか。幸江、竹屋殿には挨拶をしなければならぬが、その前におまえとゆっくり話をしなければならない」

「わかっています。その前に今一度、光司郎さんの家に戻ってもよいですか？」

いわれた牛山が菊之助を見た。

「幸江さんにも考えがあるのだろう。牛山、おぬしはついていってやれ。わたしは家で待っていることにしよう」

菊之助がいうと、牛山は恐縮してそうさせてもらうといった。

「いったいなんの騒ぎなんだ」

そういうのは勝手についてきた勇三郎だった。

「八木殿、もうかまわなくてもよいから、お引き取り願えないか。妹といろいろと相談しなければならないことがあるのだ」

牛山にいわれた勇三郎は、腑《ふ》に落ちない顔をしたが、

「まあ、拙者の出る幕はないようだからな」

と、あきらめ顔になった。

それからみんな揃《そろ》って表道に出たとき、先の角から供侍をしたがえた男が現れた。

「お殿様……」

幸江が低声《こごえ》を漏らして立ち止まった。侍三人に小姓《こしょう》を二人連れているのは、黒川鐵之助だった。役目を終えての帰宅のようだ。

一行が屋敷門に近づくと、小姓のひとりが先駆りをして、門を開けさせた。その瞬間だった。黒い影が、門内から表に飛びだしてきて白刃を閃かせたのだ。

「天誅《てんちゅう》でござる！」

男はそんなことを口走って、黒川鐵之助に迫った。

「光司郎さん……」

つぶやいた幸江が、凍りついたような顔で目を瞠った。

第六章　助働き

一

白刃をひるがえし、黒川鐵之助に突進したのは、竹屋光司郎だった。だが、供の侍たちが鐵之助の前に立ち塞がり、光司郎の刀をはじいて阻止した。

「無礼者ッ！」

護衛されている鐵之助が、鬼のような形相で怒鳴った。

光司郎は脇構えになったまま、供侍たちとにらみ合っている。

「狂ったか、竹屋」

と、供侍のひとりがいえば、

「おれに闇討ちをかけたのは、おぬしらだな。その指図をしたのは黒川鐵之助、お手前であろう」

と、光司郎は言葉を返し、ぎらぎらした目で鐵之助をにらみ据える。じりっ、じりっと間合いを詰めながら言葉を重ねる。

「おぬしら下がっていろ。邪魔をするなら遠慮はせぬ」

「ええい、なにをやっておる。こやつは無礼をはたらく謀反人《むほんにん》だ。遠慮することはない、斬って捨てよ」

鐵之助の叱咤《しった》で、ひとりが撃ちかかっていった。光司郎は右にかわして、相手の胴を抜いた。

「あうっ！」

光司郎は振り抜いた刀を素早くもとに戻すと、つぎに撃ちかかってこようとした相手の眉間に、ぴたりと刀の切っ先を向けた。

はっと、相手の足が止まった。

「どけ……おぬしらを斬るつもりはない」

光司郎は地の底から湧きあがるような声を漏らし、炯々《けいけい》とした眼光を鐵之助に向ける。

「支配組頭の地位を悪用し、役職をほしがる幕臣らに取り入り、賄賂を催促して私腹を肥やす守銭奴《しゅせんど》。能あるお人らをないがしろにし、賄賂と饗応でもてなしてくれる無能者をおだてあげ、搾《しぼ》り取るだけ搾り取って、適当な席につける」

「黙れッ。きさまになにがわかる。ええい、なにをしておる。斬れ、斬らぬか！」

鐵之助は顔を真っ赤にして怒鳴るが、供侍たちは光司郎に圧《お》されて、前に出ることができない。

「拙者に政《まつりごと》はよくわかりはしないが、殿は少なくとも幕政の一角にある小普請組支配組頭。自分の地位と名誉だけにこだわり、保身に走る無能者ばかりを増やしても、幕政のためになるとは思えぬ。また、ご公儀もそのようなことを望んではおられぬはず。それでも拙者は、黙って当家を去るつもりでいたが、闇討ちをかけて口を封じようとした、その浅ましき心が許せぬのだ。黒川鐵之助、拙者に斬られるのがいやだったら、武士らしく目付の調べを受けるがよい。さあ、いかがする」

「な、何をたわけたことを……。おぬしのような不届き者に何がわかるというのだ。後脚《あとあし》で砂をかけられるとはまったくこのことだ。おまえたち、ええい、何をしておる、早く斬り捨てぬかッ」

鐵之助が刀を振りあげて喚くと、ひとりが光司郎に撃ちかかっていった。

「光司郎さん……」

悲鳴に似た声を出し、いまにも駆けだしそうな幸江の腕を、牛山がしっかりつかんだ。

「じっとしておれ」

牛山はそういったあとで、菊之助にどうすればよいかという目を向けてきた。

「刃傷沙汰を黙って見ているわけにはいかぬだろう」

菊之助がそういって足を踏みだしたとき、供侍の攻撃をかわした光司郎が、鐵之助目がけて突進していった。

光司郎は突きだされた刀をはじき、背後から襲いかかってきたひとりの侍の足を斬った。

「ぎゃあ！」

二人を倒した光司郎は、血刀《ちがたな》をだらりと下げ、じりじりと鐵之助に迫り、一気に撃って出た。しかし、護衛についている侍の刀が、出端を挫《くじ》くように光司郎の左肩を斬った。

「うっ……」

顔をしかめたが、気迫は落ちていない。光司郎は刀を振りまわして、邪魔をする供侍を牽制《けんせい》すると、素早く身をひるがえして鐵之助に峻烈《しゅんれつ》な一刀を見舞った。

鐵之助はその迫力に気圧《けお》されて後じさり、青眼《せいがん》に構えた。その瞬間、光司郎の背中に供侍の太刀が襲いかかった。

「うぐっ」

背中に一太刀浴びた光司郎の足が止まった。痛みに顔面がひきつり、片膝を地につけた。

鯉口《こいぐち》を切っていた菊之助が地を蹴って駆けだしたのは、まさにそのときだった。

「待たれよ！　待たれ！」

菊之助は声を張ったが、片膝をついた光司郎の肩口に、別の刀がざっくりと撃ち込まれた。夕日のなかに血潮が迸《ほとばし》った。

「あっ」

驚愕と恐怖に目を瞠った幸江の体が凍りついた。

菊之助も足を止めてしまった。

光司郎の体がゆっくり前に倒れ、そして動かなくなった。

しばしの静寂――。

虫の声だけが聞こえていた。

呆然と立ちつくす菊之助に、鐵之助の目が向けられた。その視線は菊之助の肩越しに、幸江たちにも短く注がれたが、すぐに顔を戻した。

「これは当家に関わる不祥事。当家でもって片づりる。関わりは御免蒙《こうむ》る」

鐵之助は極力抑えた声音でいって、家臣の侍たちに死体を片づけるように申しつけた。

菊之助は何も声をかけることができなかった。ただ、その一部始終を見ているしかなかった。武家――それも旗本家への介入など、一介の浪人である菊之助にできることではない。斬られた光司郎と怪我人が屋敷内に運び込まれ、表門が軋《きし》みながらしっかり閉じられたとき、ゆっくり日が落ちた。

二

牛山はいまにも気を失って倒れそうな幸江を支えながら、竹屋光司郎の家に戻った。菊之助もそばに付きしたがっていたが、八木勇三郎も行きがかり上、このまま帰るわけにはいかないとついてきた。

幸江の衝撃と悲しみはすぐには消えそうになかった。

家のなかに行灯と燭台《しよくだい》をつけて、幸江が落ち着くのを待った。その間、菊之助は竹屋光司郎が遺《のこ》していた手紙を見つけた。幸江に読んでよいかと断って手紙を開くと、そこには光司郎の意を決した一文が書かれていた。

闇討ちにあって傷を負った自分をよく看病してくれたことへの礼と、仕えていた黒川家で唯一自分に理解を示してくれた幸江に対する感謝の念がしたためられていた。

今日の黒川家への討ち入りは、床に伏していたときに決めていたらしく、命をなげうつ覚悟だったことがわかった。

その手紙の最後には、幸江が幸せになることを心より祈っていると書かれていた。

「幸江、いつまでも泣いてばかりいてもしかたなかろう」

牛山が宥《なだ》めるようにいえば、幸江は嗚咽《おえつ》を堪《こら》えながらうなずいた。

「申し訳ありません」

と、菊之助と勇三郎にも頭を下げる。

「幸江さん、この家はあと二日をかぎりに家主に返すことになっているそうだ。それまでに進退を決めるように、これに書いてある。いかがされる」

菊之助は丁寧にたたんだ手紙を、牛山に渡した。

「幸江、一度八王子に帰ったほうがよい。おまえにはあらためて話したいことがある」

牛山は幸江を見つめた。

「わたしにもお話があります。それにしても、わたしには不幸ばかりがついてまわります。両親もそうなら、子もそうなのでしょうか……」

幸江は泣き腫《は》らした顔で、そんなことをいう。

「嘆いてもしかたないことだ。大事なのはこれからではないか」

「そうでしょうが、わたしは後悔することばかりです。兄上、わたしは至らない妹でした。こんなところで、兄上に謝っても詮無いことでしょうが、悔やむことが多すぎます。兄上のことを何も思いやらず、わたしは勝手なことばかり申しました」

「それはわたしとて同じだ。わたしにも至らないところはたくさんあるのだ」

「……それに、お駒ちゃんにも悪いことをしました」

「お駒は可哀相なことになってしまったが、おまえはそのことを……」

「何も知らなかったのです。死んだことも、今日はじめて知って驚いていたのです」

「それじゃ、付き合いはなかったのか？」

幸江はか弱くうなずき、お駒といっしょに江戸に出てきてからのことを、涙まじりに語っていった。

菊之助たちはその話に黙って耳を傾けていた。

「わたしが依怙地すぎたのです。わたしはわからず屋でした。いまさらどんなに悔いてもしかたありませんが、仲違いせずにそばにいたなら、悲しいことは起きなかったかもしれません」

すべてを話し終えた幸江は、また感情の糸が切れたらしく、さめざめと泣いた。

菊之助は、今夜は二人をそっとしておこうと思い、

「牛山、今夜は幸江さんといっしょにいたほうがいい。落ち着いたら明日の朝でも、わたしの家に来てくれないか」

と、二人を眺めながらいった。

「そうすることにします。遅くまでお付き合いいただき、申し訳ございませんでした」

恐縮する牛山と幸江を残して、菊之助と勇三郎は表に出た。

すっかり夜の闇は深くなっていたが、夜空には明るい月と星たちが散らばっていた。

「八木勇三郎殿と申されたな」

菊之助は勇三郎を振り返った。

「いかにも……」

「腹が減ってきたが、もしよかったらいっしょにどうです」

菊之助が誘うと、勇三郎は自分も腹が空いているといった。

ふたりはそのまま元飯田町まで行って、目についた小料理屋に入った。

「妙なことになりました」

勇三郎は酒に口をつけてぽつりといった。

「……妙とは?」

「傘を貸したのが縁で、まさかこんなことになろうとは……。浮世とはわからないものです」

「いかにも、そうですな……」

菊之助は勇三郎に酌をしてやった。

「さっき、お駒さんがどうのと話に出ましたが、いったいどうなっているのです？　死んだとか口にされていましたが……」

「死んだのに変わりはないが、じつは殺されたのだ」

菊之助が声をひそめていうと、勇三郎は盃を宙で止めた。

「下手人はまだわかっておりません」

「もしや……」

勇三郎は口をつぐんで、何かに思いあたったような目をした。菊之助がじっと見ると、

「拙者は幸江さんと同じ年頃の女を知っています。もっとも、話をしたこともないのですが、何度かすれ違ったことがあり、忘れられない女です。このあたりに住んでいるはずなのですが、このところ、とんと姿を見なくなりましてね。まさかその女のことではないでしょうな」

こういったときの人の勘は当たることが多い。

菊之助は懐からお駒の似面絵を取りだした。

「お駒というのはこんな女です」

絵を見たとたん、勇三郎は目を瞠った。菊之助を見返して、また絵に視線を落とす。

「……まさに、この人です。……殺されてしまったのですか、いったいなぜ、そんなことに……」

「それがわかっていれば、とうに下手人は捕まっているでしょう。しかし八木さん、お駒をどこで見かけたのです」

「どことといわれても、このあたりですよ。拙者は若年寄・森川内膳正の家来で、この八月に参勤で江戸詰になったばかりです」

「それじゃ国許は……」

「下総生実です。しかし、お駒さんが殺されたのはいつのことです？」

菊之助はわかっていることをざっと話してやった。

「それじゃ拙者がお駒さんを見て間もなくということですか……。何ということだ」

勇三郎は首を振って酒に口をつけた。それからまた、何かを思い出したように顔をあげる。

「さっき、黒川家の門前で起きたことですが、江戸にはあくどいやつがいるものですな。天誅だといって斬り込んでいった竹屋光司郎は天晴《あっぱ》れでありましたが、拙者も黒川のようなやつを知っておるのです」

「それはまたどういったことで……」

「やつらは小普請組の世話役で、無役の御家人相手にうまいことをいって、賄賂を受け取っておるのです。まったくけしからぬやつばらです。じつはその者らは、黒川の下役のようなのです。一度懲らしめてやろうとしたところ、いきなり斬りかかってきおって……癪《しゃく》に障るとはあのことです」

「そういうことがあったのですか。なるほど……。黒川殿は小普請組支配組頭だといいますから、旗本の世話をすることもあるのでしょうが、主には役目として御家人を相手にしていますからね……」

「こすっからいやつらです。それでつかぬことをお訊ねしますが、荒金さんはいかようなことを……いえ、ただの浪人とも思えませんので……」

「刀はご覧のとおり捨ててはおりませんが、普段は研ぎ師をしております」

「研ぎ師を……ほう、これはまた異なことを……しかし、なぜ、殺されたお駒の似面絵などをお持ちで……」

「従兄弟に御番所の役人がおります。ときどきそやつの手伝いをしているだけです。牛山はかつてわたしのいた道場の門下生でして、そのようなことで幸江さんを捜してもいたのです。先刻、話を聞かれて大方おわかりでしょうが……」

「なるほど、そうでございましたか……なるほどねえ」

勇三郎は妙に感心するようにいって酒をあおった。

三

「明日だ。もう一度、明日見張りをするんだ」

天野七十郎は苛立たしげに蕎麦《そば》をすすり込んだ。新見与市郎は食が進まないらしく、さっきから蕎麦がきをつつきながら酒ばかり飲んでいる。

「まさか明日、目付の呼び出しを受けるとか、突然目付がやってくるなんてことはないだろうな」

「新見、妙なことを申すでない。縁起でもないぞ」

「そうはいっても、気が気でないだろう」

「だから不吉なことをいうなといっておるのだ」

天野は忌々《いまいま》しそうに蕎麦湯を飲み、それから酒の肴の蒲鉾《かまぼこ》を口に放り込んだ。

天野と新見は鎌倉町にある蕎麦屋の隅に腰を据えているのだった。客は数えるほどだ。

二人は八木勇三郎を捕まえるために、森川家上屋敷を張り込んでいたが、その日を無駄にしたばかりだった。

「明日こそは八木の野郎を捕まえて、白状させるのだ」

「それよりも天野、他の手を打っておくべきではなかろうか」

「なんだ。他の手とは？」

「その証拠だ。おれたちが無役の御家人たちからもらった金のことだ」

「あれは礼金だ」

「口利きに対する礼金だぞ」

「いかにもそうだが、それがどうした？」

「金だけもらって口利きをしていないことがある。その金を返したらどうだ」

「馬鹿な……」

天野は噛んでいた蒲鉾を呑み込んでつづけた。

「金などとうに使っているではないか。それともおまえは持っているのか」

「いや、それはおれも……」

「調べを受けたら、これから話をするところだったといえばよい。なに、それは嘘ではないのだ」

「嘘ではないかもしれぬが、やはり礼金だといっても、目付はそう受け取らぬかもしれぬし、おれたちが相手をした者たちに調べが入ると、やはりまずいであろう」

「……うむ」

天野は難しい顔で、外の闇に目を向けた。軒行灯の明かりが、障子を染めている。表の道を提灯を提げた二人の男が通りすぎていった。

天野は新見が口にする不安が手に取るようにわかる。自分も心許《こころもと》ないのだ。無役の者たちの相談に乗るといっては、金を受け取っているが、実際彼らのために動いたことはほとんどない。何度も頼まれていたが、もう少し待ってくれ、そのうちにいい返事ができると、延ばし延ばしにしている。なかには腹を立てて、金を返せという者もいたが、うまく誤魔化して烟《けむ》に巻いている。もちろん、こんなことは長くつづけられない。そろそろ潮時だと考えていた矢先に、八木勇三郎という厄介な男が現れたに過ぎない。

「とにかく、八木と話をするのが先だ。やつがまだ何もしゃべっていないことを願うしかない」

「すでに話していたらどうする」

「新見、いい加減にしろ。おまえはそんなことばかりいう。やつに会わなければ、どうしようもないだろう」

「目付の調べが気になるのだ。おまえは気にならぬのか」

「気にならないといえば嘘になるだろうが、とにかく八木と話をするのが先だ」

まだ、何も話していなければ、そのときこそ命をもらう。いや、いずれにしろ斬らねばならない。天野は底光りのする目を遠くに向けた。

「新見、明日決着をつける。そのつもりでいるのだ」

四

翌朝、菊之助は荒布橋《あらめ》のそばにある茶店で、秀蔵に会った。

朝日を照り返す日本橋川を漁師舟や高瀬舟《たかせぶね》が行き交っていた。

「黒川家で起きたことは、さっき家を出たときに耳にしたが、おれたちが関わることはできぬし、お駒殺しとは別のことだ」

秀蔵は黒川鐵之助が竹屋光司郎に襲われたことは、仲間の与力に聞いたと付け加えて、言葉を継いだ。

「いろいろ事情があるのだろうが、とにかく牛山の妹が見つかったのはよかった。しかし、お駒のことを何も知らなかったというのは、どうしたものか……」

秀蔵はため息をついて茶に口をつけた。

「振り出しに戻ったようなもんだな」

「そういうわけではない」

秀蔵は首を振っていう。

「お駒に関することはもう一度あたりなおしている。お駒は定斎殿の絵の相手をしたあとで、自宅で殺されている。おれは、まさかと思いつつも、まっ先に定斎殿に目をつけたのだが、どうにもよくわからねえ。あの日は雨だった。そのせいでお駒を見た者は少ない。同じ長屋の者もお駒を朝見てはいるが、それ以降は誰も見ていないし、下手人のことについてはまったく闇のなかだ」

「………」

「定斎殿が殺しをするとは思わぬが、身の潔白を証すものがない。かといって定斎殿の仕業だとする証拠《あかし》もない」

「おまえは定斎さんへの疑いを解いていたのではないか……」

「一度は解いた。だが、こうなったからにはもう一度調べなおしだ。それから、萬石にもう一度探りを入れたい」

「なんだ、その口ぶりは……また、助をしろというか」

「乗りかかった船だ。途中で降りて溺れるわけにはいかねえだろ」

「まったくおまえってやつは……」

あきれてお茶を飲む菊之助だが、たしかにこのままお駒殺しの下手人のことを忘れることはできない。

「お駒は阿蘭陀商館の者たちが江戸にやってきたおり、長崎屋にも出入りしている。ひょっとすると、そこに何かあるかもしれぬ。長崎屋のことはすっかり手を抜いていたが、こうなったら調べを入れるしかない」

「長崎屋か……」

なるほど、それは菊之助も見落としていたことだった。

「とにもかくにも、もう一度やり直しをするつもりでやる。菊の字、そういうことだ」

「何がそういうことだ、だ。まったくおまえってやつは勝手なことを押しつけてばかりいやがる」

「まあ、そううるさいことをいうな」

秀蔵はにやっと笑って、菊之助の肩をたたいて立ちあがった。ついている甚太郎と次郎に顎をしゃくると、そのまま行ってしまった。

「……そういうことか。どうしようもないな」

菊之助は短く嘆息して首を振ると、両膝をぽんとたたいて腰をあげた。そのまま家に戻ると、牛山と幸江が居間に座っていた。二人は菊之助に丁重に挨拶をして、此度《こたび》の礼をいって頭を下げた。

「わたしは何もしておらぬ。堅苦しいのは、なしだ。それで、どうするのだ」

菊之助は牛山と幸江を眺めて聞いた。

「幸江は一度八王子に帰ることにしました。わたしの話もわかってくれまして、少しは安堵しております」

牛山は幸江の顔を見ながらいう。

「長崎行きのことも承知してくれたのだな」

「はい。もっとも医者になれるかどうか、それはこれからのことではありますが、やってみなければわからないことですので……」

「それはそうだろう。それで、幸江さんは八王子に帰って何をする？」

「しばらくは親戚の家の手伝いをしたいと思います。さいわい以前からわたしに目をかけてくれている親戚がいますので」

「そうか、それは何よりだ」

「お駒ちゃんが不幸にあったことも、あの子の親戚に伝えなければなりません。わたしは責められるかもしれませんが、それは覚悟のうえです」

幸江はきりっと唇を引き結んだ。

「あまり重荷に思わないほうがよいですよ。幸江さんが悪いのではないのですから……」

お志津が口を添えた。幸江はそうですねと、小さくうなずく。

「それで牛山、おぬしも幸江さんと帰るのだな」

「いいえ、わたしはお駒殺しの下手人を放ったまま帰るわけにはまいりません。娶《めと》ることはできませんでしたが、お駒は少なからずわたしが目をかけた女ですし、幸江の思いもあります。何より殺されたお駒の無念を晴らしてやらなければ気がすみません」

「気持ちはわからないではないが……」

「いいえ、横山さんの調べの邪魔にならないようにします。荒金さん、どうかお願いいたします。お駒の死がどういうものであったか、それを知ることもなしに黙って帰るわけにはいかないのです」

牛山は頭を下げる。

「幸江さんは、どう思われる」

菊之助は幸江に聞いた。

「兄上の気持ちもわたしの気持ちも同じです。どうか聞いてくださいませんか」

そういわれると返す言葉がない。

「菊さん、しかたないと思いますよ」

と、お志津までそんなことをいう。

「……ふむ。じつは秀蔵から引きつづき手伝ってくれるように頼まれたばかりだ。それじゃ、わたしと調べにまわってくれるか」

「喜んで」

牛山は目を輝かした。

五

二階の曰窓《いわくまど》から朝日が射し込んでいる。格子の影が畳に伸びていて、表から鳥のさえずりが聞こえる。

勇三郎は夜具に座したままぼんやりしていた。

夢を見たのだ。お駒と幸江が交互に出てくる夢だった。その二人をあろうことか、あの新見と天野が手込めにしようとした。気づいた勇三郎が駆けつけて、二人に斬りつけたのだが、逆に自分が斬られそうになるという、なんとも情けない結末だった。

もっとも斬られる前に、はっと目が覚めて、夢だったのだと気づいたのだが、じっとり寝汗をかいていた。

朝餉を食べたあと、今日もとくにやることがないので、寝直した結果だった。ふうと、ため息をついた勇三郎は、おもむろに煙管に火をつけて紫煙を吹かした。吐きだした紫煙が朝日のなかで雲のように漂った。

江戸詰は退屈ではあるが、それなりに刺激もある。一目惚れしたように、ひそかに思いを募らせていた女が殺され、そうとは知らずに別の女に乗り換えようとした矢先に、すべてが単なる自分の勝手な思い込みだったとわかった。

一言も言葉を交わすことなく何者かに殺されてしまったお駒。名前を知ったのも、殺されたあとである。それから幸江に会って、ぜひとも近づきになりたいと思ったが、幸江には惚れた男がいた。挙げ句、その男は幸江の前で斬られて非業《ひごう》の死を遂げてしまった。

なんだか自分のやっていることが滑稽だった。我知らず、自嘲《じちょう》の笑みを浮かべるしかない。

勇三郎は煙管を灰吹きに打ちつけて、灰を落とした。それから窓の外に目をやり、もう女のことは忘れようと思った。それよりも、例の天野と新見のことがある。

幸江が惚れていた竹屋光司郎のように、相手の非をなじり、正道を訴えようなどとは思わない。そんなことをしたところで、なんの得にもならないはずだ。

ならば、どうするか？

勇三郎は考えたが、心は決まっていた。やはりあの二人に脅しをかけて、小金を頂戴する。卑怯《ひきょう》かもしれないが、それで小遣いになればいうことはない。なに、あの二人は後ろ暗いことをしているのだ、そんなやつから少しだけ金を融通してもらうだけだ。

そうだ、あの二人に会わなければ……。

勇三郎は窓の外に浮かぶ雲を眺めて、今日にも取り引きしようと決めた。

そのころ、勇三郎の住まう武士長屋のある森川家上屋敷そばの稲荷社に、天野と新見は身をひそめていた。

そこへ来て小半刻ほどしたとき、表門が大きくハの字に開き、一挺《ちょう》の駕籠《かご》が出てきた。駕籠には槍持ち、草履取り、若党《わかとう》、小姓、挟箱《はさみばこ》持ちら十数人がついていた。

もちろん駕籠を見れば、生実藩主・森川内膳正だとわかる。つまり西の丸詰の若年寄である。天野と新見は、その一行に目を凝らした。小姓や若党のなかに八木勇三郎がいないかと思ったのだ。

「どうだ？」

天野が新見に顔を向けて聞く。

「……いなかったようだ」

「すると、まだ屋敷にいるというわけだな」

天野は森川家の屋敷に目を注ぐ。

「今日も会えなかったらどうする。いたずらに見張りをしているだけではつまらぬぞ」

「そんなことはわかっておる」

「それじゃいかがする？　使いを頼んで呼び出すか……」

新見は天野が考えていたことを先に口にした。

「あとあとのことを考えるとなると、使いを出すのはまずいような気がする。やつを斬ったあと、騒ぎが大きくなったとき、使いが来て八木は何者かに呼び出されたということになりはしないか。……そうなると森川家ではその使いを捜すだろう。使いが見つかれば、おれたちのことが知れる」

「それはまずい」

新見は舌打ちをしていう。

「そうなのだ。何とかして呼び出したいところだが、人目の多い日の高いうちは避けるのが賢明であろう」

「いかにもそうであるな。では、いかがする？」

「やつが出てくるのを待つしかないだろう。おれたちは森川家の者に顔を覚えられないようにしたい」

「おぬしのいうことはもっともだが、あまり手間をかけてもおれぬ」

「わかっておる。だが、やつが出てくるまで辛抱して待つしかないであろう。他に何かよい手立てがあればとっくにやっておるさ。とにかくやつを捕まえなければならぬ。捕まえたら、やつの口を割らせて始末するだけだ」

「それにしても、こんなことになろうとはな……」

「うだうだいってもはじまらぬ」

天野は石段に腰をおろして、森川家の門に視線を注ぐ。新見も黙り込んで、見張りをつづけた。

それから小半刻ほどしたとき、二人の侍が門の前に立った。二人とも浪人のようである。目付には見えない。しかし、天野は緊張した。目付が変装しているのかもしれない。ときにそんなことがあると耳にしている。

二人の浪人らしき侍は、門番に取次を頼んだようだ。いったい何者で、なにをしに来たのだろうか……。

六

菊之助と牛山は、八王子に帰る幸江を日本橋で見送ったあと、搗き米屋・萬石に足を向けたが、途中で予定を変更していた。

お駒に一目惚れした八木勇三郎が、ひょっとすると下手人を見ているかもしれないと菊之助が思ったからだった。勇三郎はお駒を一度見て、忘れられない女だといった。何度かすれ違ったともいった。そのために、お駒を捜しているふうでもあった。

本人が気づかないうちに下手人を見ているかもしれない。菊之助は勇三郎にその辺のことをたしかめたかった。

森川家上屋敷にやってきた菊之助と牛山は、門前で待たされていた。門番のひとりが勇三郎を呼びに行っているが、なかなか戻ってこない。

「ずいぶん、待たせますね」

牛山があたりを見まわしながらいう。

「仕事が忙しいのかもしれぬ。まあ、そのうち来るだろう」

菊之助は立派な長屋門を見あげた。森川家は譜代大名ではあるが、石高一万石という小名《しょうみょう》である。しかし、さすが公儀若年寄を務める大名家らしく、門の造りがいい。

そんなことに感心していると、脇の潜り戸から勇三郎が姿を現した。

「これは荒金殿、それに……」

勇三郎は牛山を見て口をつぐみ、

「牛山殿もいっしょでしたか」

と、言葉を足した。

「忙しいところ急に訪ねてきて申しわけありませんが、ちとお訊ねしたいことがあります」

「お駒さんのことでしょうか……」

と、勇三郎は察しがいい。

「いかにも。八木さんは、お駒を何度か見られたと申されましたね」

「ちょっとお待ちを」

勇三郎は手をあげて、菊之助を制した。

「こんなところで立ち話もなんでしょう。どこかで茶でも飲みながら聞きます。上役にうるさいのがおりましてな。それにしても今日はよい天気になりました」

勇三郎はのんきなことをいって空をあおぎ、先に歩きはじめた。

菊之助と牛山はあとにしたがった。

そのまま閑静な武家地を歩きながらお堀のほうに向かう。

「お駒殺しの下手人はなんとしてでも召し捕らなければなりません。そのために、あれこれ動いているのですが、八木さんはお駒と何度かすれ違ったと申されましたね」

菊之助は八木の横に並んで聞いた。

「そうですな。五、六回は見ております。じつは忘れがたい女だったので、捜していたんですよ」

菊之助は勇三郎の横顔を見た。

「五、六回といわれましたが、そのときお駒はひとりでしたか?」

「……ひとりだったはずです。連れは見かけませんでした」

期待していた菊之助は、少し落胆した。

「八木さん、よく思い出してもらえませんか。これは大事なことです」

「はあ……」

「ひょっとすると男……いや、女でもよいのですが、誰かそばにいませんでしたか。あるいはお駒を尾けているような者がいなかったかどうかわかりませんか」

「ふむ、そんなことをいわれても……」

勇三郎は顎をなでて考える目つきになった。

天野と新見は距離を置いて、勇三郎たちを尾行していた。

「やつら、いったい何者なのだ？」

「そんなことをおれに聞いてもわかるわけがない」

無粋《ぶすい》な顔で答えた天野は、勇三郎といっしょに歩く二人の侍を凝視する。

「天野、相手が三人になれば面倒だぞ」

「八木がひとりになるのを待てばよいだろう」

「……それはそうだろうが、いったい何を話しているんだ。まさかおれたちのことではあるまいな」

天野は新見の疑問には応じず、黙って歩いた。いやな胸騒ぎがしてたまらない。前を行く三人は武家地を抜けると、堀沿いの河岸道をそのまま進んだ。

「新見、やつといっしょにいる二人の顔を覚えておけ。いざとなったらやつらも始末しなければならぬ」

「なに、それじゃ三人も斬るというのか……」

「しかたなかろう、こうなったら手段は選べぬ。おれたちの進退に関わることなのだ」

「大変なことになってしまったな。これを身から出た錆《さび》というのか……」

「おい、茶店に入ったぞ」

天野は三人が入った茶店を見てから立ち止まった。鎌倉町の河岸道である。

「こっちへこい」

天野は新見の袖を引っ張って、そばの商家の軒下に身を寄せ、三人が入った茶店をにらむように見る。

「あれは違うな……」

「なんのことだ」

「おれたちのことではないだろう。八木を訪ねた二人が目付だとしたら、屋敷で話をするか、役宅で聞き取りをするはずだ」

「なるほど……」

新見は感心したようにいって、一方の茶店に目を注ぐ。

「八木の野郎、ひょっとするとあの二人と何か悪だくみをしているのかもしれぬな。なにしろおれたちから金を強請り取ろうとするふざけたやつだ」

「それは考えられることだ。だったらどうする？」

「やつが悪だくみを考えているのなら、それがやつの弱味だ。そのことをつかめば、おれたちはやつと対等に話をすることができる」

「だが、すでにおれたちのことをやつが話してしまっていたら……」

それが一番懸念されることだ。

「新見、とにかく八木がひとりになるまで見張りをつづけよう」

「うむ」

七

結局、八木勇三郎はお駒殺しの下手人らしき、不審な人物など見ていなかった。考えてみれば、勇三郎の注意の目はお駒にしか行っていなかったのだろう。

「いろいろ大変でござるな」

下手人の手掛かりをつかもうとする菊之助から、あれこれ聞かれたあとで勇三郎は茶に口をつけた。

「人の命をあっさり奪う人間です。許せるはずがありません」

「いかにもおっしゃるとおり……。しかし、こうやっていろいろ話を伺っておりますと、拙者もじっとしておれない気持ちになります。荒金さん、わたしも一役買いましょうか」

勇三郎は菊之助に真顔を向けた。

「手伝うと申されるか……」

菊之助が思案顔をすると、牛山が間髪を容れず口を挟んだ。

「荒金さん、せっかくですから手伝ってもらったらいかがです。人手は少ないより多いほうがよいのではありませんか」

「どこまで役に立てるかわかりませんが、いまでも忘れることのできない女のことです。拙者としても下手人のことは許せません」

「しかし、役目があるのではありませんか」

菊之助は勇三郎に真摯《しんし》な目を向ける。

「なに江戸勤番とはいえ、やることはたいしてないのです。毎日どうやって暇をつぶそうかとそれに頭を悩ますほどです。気にすることはありませんよ。ははは」

勇三郎は気安いことをいって笑う。

「それじゃ、お手伝いいただきましょうか」

「で、何をどうすれば……」

菊之助はその気になっている勇三郎を見てから、

「とりあえず、わたしについてきてください」

と、いって腰をあげた。

そのまま菊之助は、本石町の萬石に足を向けた。後ろからついてくる勇三郎が、幸江はどうなったかと牛山に聞いていた。話をするうちに互いに理解を示したらしく、

「それにしても先だっては失礼つかまつりました」

と、牛山が謝れば、

「いやいや、こちらこそ失礼をいたした。お互い田舎から出てきた者同士、こうなったら互いに手を組もうじゃありませんか」

と、勇三郎も物わかりのいいことをいう。

萬石はいつもと変わりなく営業していたが、店に近づいたとき、

「菊さん」

と、声をかけて次郎が姿を現した。

「秀蔵といっしょではなかったのか。それとも何かわかったか?」

菊之助は目を輝かせた。

「いえ、横山の旦那から言付けを預かってきたんです」

「へえ、萬石では主の惣八さんからしか話を聞いていないんで、奉公人からも話を聞いてほしいということです」

「なんだ？」

「そうか……」

菊之助は萬石の暖簾を見ながら顎をなでた。そういえば、自分も惣八からしか話を聞いていない。

「わかった。それで長崎屋のほうはどうだ？」

「いま聞き込みをしているところです。……こちらは？」

次郎は勇三郎を怪訝そうに見た。

「下総生実は森川家の八木勇三郎殿だ。お駒のことを少なからず知っておられるので、ぜひとも助をしたいと申されてな」

「そうなんですか。あ、おいらは次郎といいます。菊さんの弟子みたいな若輩者です。ひとつよしなにお願いします」

次郎がぺこりと頭を下げると、

「いやいや、拙者のほうこそ世話になる」

と、勇三郎は殊勝《しゅしょう》な顔でいう。

「じゃあ菊さん、おいらは戻りますんで……」

「わかった」

菊之助は次郎を見送ってから、萬石に顔を向けなおした。

「大の大人が三人揃って行けば、店に迷惑だろう。ここはわたしひとりで行ってこよう。二人はその辺で待っててもらえないか」

そばに茶店があった。勇三郎と牛山はそこで待つといった。

菊之助が店を訪ねると、帳場に座っていた番頭が声をかけてきた。

菊之助は、

「いや、客ではない」

と断ってから、言葉を継いだ。

「ここで奉公していたお駒のことで訊ねたいのだ」

「それじゃ、旦那さんをお呼びいたしましょう」

「いや、それには及ばぬ。惣八殿には先日話を聞いたばかりだ。おぬしは番頭と見受けたが……」

「はい、さようで……」

「おぬしの話を聞かせてくれないか」

「いや、それは……あの件でしたら、旦那さんが話をされることになっているのですが……」

菊之助は眉宇《びう》をひそめた。

「奉公人は話してはならぬとでもいわれているのか？」

「そういうわけではありませんが……」

「なら、よかろう。なに手間は取らせぬ」

菊之助は店に客がいないことをたしかめてからいった。番頭はしかたなく折れて、隣の客間に通してくれた。茶を持ってきた下女に番頭が、惣八のことを訊ねると、

「旦那さまはさっき出かけられました。すぐ戻ってくるということでしたが……何か？」

と、目を丸くする。

「いや、それならよい」

下女が下がると、

「それでいかようなことを……」

と、番頭は身を乗りだすようにして聞いた。

「お駒につきまとっていたような男はいなかっただろうか？」

「それなら思いあたる者はいませんね。人気のある女でしたが、これと決めた男のいる様子はありませんでした」

「ひとりも……」

「いい寄る男はいたようですが、お駒にはその気はなかったようです」

「すると、むげに振られたような男がいるかもしれないな。それはどうだろう？」

「さあ、それもどうでしょう……わたしの知らないところで、あったかもしれませんが、なんともいえません」

菊之助はしばらく茶を飲んで考えた。

「そういえば、お駒は惣八が請人になった長屋にそのまま住んでいたことになるが……」

「旦那さんは、またお駒を雇いたいという考えがおありだったようです」

「本人にその気がなくても……」

「いえ、その辺のことはなんとも……」

「ふむ……。この店でお駒ともっとも親しかったのは誰だろう」

「それでしたら下女のおけいでしょう」

菊之助はおけいを呼んでもらって、二人だけで話をした。さっき、茶を運んできたのがおけいだった。三河島《みかわしま》の百姓の娘で、年はお駒より二つほど上だった。菊之助は番頭にぶつけた質問を繰り返したが、肝腎《かんじん》なことはわからなかった。ただ、最後になっておけいは口ごもった。

「お駒ちゃんはあんなことになりましたけど、運のいい子でした」

「それは……」

菊之助はおけいをじっと見つめた。

「こんなことというと僻《ひが》んでいると思われるかもしれませんが、お駒ちゃんは旦那さんに殊《こと》の外《ほか》目をかけてもらったからです。わたしとは大違いです」

「……それはどういうふうに？」

「どうって、店の看板娘のように扱ったり、長崎屋から異人の頼みがあるという相談を受けたときも、まるで自分の娘のようにいってお駒ちゃんを送り込まれたんです。わたしはその間、倍も働くことになったし……」

「……」

「旦那さんは、ケチなくせにお駒ちゃんにはこっそり小遣いをあげたり……」

結局、おけいはお駒をねたんでいたということだろう。

「そんなによくされていたのに、店をやめるとはな。……他にお駒と親しかった者はいないか？」

「それだったら手代の新助《しんすけ》さんです。お駒ちゃんの面倒をよく見てらしたし」

菊之助はすぐに新助を呼んでもらった。番頭とおけいにぶつけたのと同じ質問をしたが、新助も肝腎なことになると、何も知らないという。ただ、新助は落ち着きがなく、あまり視線を合わせようとしない。

「お駒が誰かの恨みを買っていたようなことはないだろうか？」

菊之助はじっと新助を見つめる。

「さあ、それはわたしには……」

新助はやはり首をひねって目を合わせようとしない。鼻筋が通り、目許のすっきりした色男だ。いかにも女にもてそうな印象を受ける。

「いや、いろいろ訊ねて仕事の邪魔をした。また話を聞きにくるかもしれぬが、そのときはまた頼む」

結局、話を聞けたのは三人だけだった。

菊之助は牛山と勇三郎の待つ茶店に戻った。

「番頭と手代と下女に会ったが、ぴんと来るような話は聞けなかった。だが、他の奉公人からも話を聞きたい。牛山、新助という手代がいる。その手代のことを探ってくれないか。妙に気になるんだ」

「わかりました」

菊之助は新助の年恰好と特徴を話した。

「他の奉公人にも話を聞きたいが後まわしにして、おれと八木さんは長崎屋に行って来る。手代の新助だけを頼む」

菊之助はそういい置いて、勇三郎を伴って長崎屋に向かった。しかし、長崎屋での秀蔵の聞き込みはまだ終わっていなかった。

「旦那は念を入れて聞いているようです。菊さんのほうはどうです？」

長崎屋の表にいた次郎が駆け寄ってきていった。

「なんともいえぬな。それで、秀蔵のほうはまだかかりそうなのか」

「すぐには終わりそうにないですね」

菊之助は一度通りの先に視線を投げて、ここは後まわしにしようと思った。

「それじゃ、あとでまた来る。八木さん、いっしょについて来てもらえますか」

と、勇三郎を誘って長崎屋をあとにした。

「どこへ行くんです?」

勇三郎が追いかけてきて聞く。

「八木さんがお駒に会ったところを歩きましょう」

「はあ……」

「八木さんはお駒にだけ気を取られていたかもしれませんが、じつは他のことも目にしているはずです。会ったところに行けば、忘れていたことを思い出すかもしれない」

「……なるほど」


勇三郎の尾行をつづけていた天野と新見は、路地に身を隠して、勇三郎と菊之助を見送った。

「二人になったぞ」

天野は新見を振り返って、すぐに勇三郎と菊之助に視線を戻した。

「どうする?」

「こうなったからにはぐずぐずしてはおれぬ。昼間だろうがかまうことはない。人気のないところにやつらが行ったら斬る」

「二人ともか」

「かまうことはない。だが、八木という男はすぐに殺しはしない。聞くことだけは聞いておきたいからな」

天野は決意に満ちた目を光らせた。

「それじゃ、おれも肚をくくろう」

新見もその気になった表情で応じた。

勇三郎と菊之助の姿が遠ざかっていく。

「よし、尾けるぞ」

天野はそういって、通りに歩み出た。

第七章　証言

一

晴れていた空にいつの間にか雲が漂ってきた。

そのせいで、日射しが遮られ、周囲の風景が暗くなった。それでも雨を降らすような雲ではない。ただ、風が強くなった。

菊之助と勇三郎は鎌倉河岸から元飯田町に向かっていた。江戸城をめぐる堀の水は穏やかである。ときどき、ぴちゃっと、鯉が跳ねた。

「八木さん、よく思い出してもらいたい。お駒はひとりで歩いていなかったかもしれない。ひょっとすると、男の後ろについていたかもしれないし、お駒の後ろに男がいたかもしれない」

「うむ。そういうこともあったかもしれませんな」

勇三郎はもっともらしい顔をしてうなずく。

「やはり下手人は男ですか?」

「それは何ともいえません。女かもしれない」

「女か……」

勇三郎は立ち止まって、堀の向こうにある御用屋敷を眺めて、また足を進める。

「お駒に会ったのは、もっと先のほうです」

「そこまで行きましょう」

結果はどうであれ、菊之助は勇三郎の記憶にかすかな期待を抱いていた。

そのまま堀川沿いに歩き、俎橋を渡った。まっすぐ行けば九段坂である。勇三郎は右に折れて、元飯田町のほうに進む。

「最初に会ったのは、たしかこのあたりです」

元飯田町の外れだった。

「拙者が向こうから歩いてきて、すれ違ったのです」

「そのときのことをよく思い出してください」

勇三郎は真剣な顔になっていた。必死になって記憶の糸を手繰《たぐ》ろうとしているようだ。

二度目はここだった、三度目はここだったと、勇三郎はその場所を思い出していた。こおろぎ橋のそばでも二度見かけたといった。

「どうです？　お駒のそばに誰かいませんでしたか？」

菊之助は真顔を勇三郎に向ける。

「うーむ。……どうだったかな」

勇三郎は腕を組んでうなるだけだ。

「正直なところ、あまりにも好みだったので、相手に悟られぬように見惚れておりましたからな」

「だめですか」

菊之助がため息をついたとき、「あ」と、勇三郎が声をあげた。

「どうされました？」

「あの婆さんだ」

勇三郎の目はこおろぎ橋のそばにある柳の下に向けられていた。縁台があり、ひとりの老婆がぼんやりした顔で座っている。

「あの婆さん、いつもあそこにいるんです。前にもお駒さんのことで訊ねたことはありますが……」

「お米という婆さんですね。わたしも一度お駒のことを聞いたことがあります」

「しかし、何か覚えているかもしれない」

勇三郎はそういって、お米のそばに行って声をかけた。お米はぼんやりした目を向けて、あんたかと、勇三郎にいう。

「殺されたお駒さんのことだが、あの女につきまとっていたような者はいなかっただろうか？」

「はあ、何だって……」

お米は片手を耳に当てて問い返した。勇三郎は再度同じことを口にした。

「町方の旦那や小者に何度も聞かれたけど、あたしゃ何も知らないよ。あんたら、早く下手人を捕まえなさいよ」

お米は菊之助にも目を向けていう。

「だめですな」

勇三郎は情けない顔をしたあとで、そうだと手を打ち合わせた。

「一度、その坂の上で会ったことがあります。行ってみましょう」

菊之助はもうあてにできないと思いつつも、勇三郎についていった。中坂の通りを上って行くと、そこに田安《たやす》稲荷がある。その稲荷神社からお駒が出てきたのを見たと勇三郎はいう。

田安稲荷には、橙《だいだい》の木があり、「代々」の語呂と合わせで、世継《よつぎ》稲荷とも呼ばれていた。御三卿《ごさんきょう》、田安家の鎮守神でもある。

菊之助と勇三郎は境内に入った。何か思い出すことはないかと、菊之助が社の前で聞けば、

「せっかくです。お駒さんの冥福《めいふく》を祈っていきましょう」

と、勇三郎は答えにならないことをいう。

稲荷といってもその辺の小さな稲荷ではない。境内はそれなりに広く、銀杏《いちょう》の大木などが聳《そび》えている。ただ、参詣客の姿は見られない。

菊之助は勇三郎にならって社の前で手を合わせた。そのとき、背後に人の気配があった。砂利を踏む足音がして、その気配が強くなった。と、鯉口《こいぐち》を切るかすかな音。

菊之助の耳がぴくと動いたとき、背後に殺気が迫った。

「八木さん！」

菊之助はいきなり勇三郎を突き飛ばして、刀を鞘走《さやばし》らせた。

二

片膝をついたまま青眼の構えを取った菊之助は、二人の侍を目の前にしていた。

「何者ッ」

誰何《すいか》したが、右にいた小柄で色の黒い男が撃ちかかってきた。菊之助は下から撃ち払いながら、すっくと立ちあがり、懸待一致《けんたいいっち》の構えを取った。これは攻撃と同時に防御に入り、防御と同時に攻撃の体勢になることである。

二人はその隙のなさに、一歩たじろいだ。

「や、おぬしらは……」

菊之助に突き飛ばされた勇三郎が、驚きの声を漏らした。

「知っている者ですか？」

菊之助は相手から一瞬も目を離さず聞いた。

「無役の御家人を相手に賄賂を受け取っている世話役ですよ。とんだ不届き者だ」

「黙れッ！」

背の高い痩身《そうしん》が吠えるようにつばきを飛ばした。これは天野七十郎である。殺気をみなぎらせているが、撃ちかかる隙を見出せないでいる。菊之助の威圧が勝っているのだ。

「おぬしら、さてはおれの口を封じようという魂胆《こんたん》であるか」

勇三郎が菊之助の横に並んで剣気を募らせた。

「無用なことをしくさって……」

吐き捨てた天野が鋭い刺撃《しげき》を送り込んできた。菊之助はそれをすりあげると、右に払いながら、体《たい》を入れ替えて上段から撃ち下ろした。この一瞬の間に、棟《むね》に返している。

だが、天野は横に転がるようにして逃げ、灯籠を盾にして立ちあがった。

勇三郎は新見と刃を打ち合わせたまま、鍔迫り合いの恰好になっていた。互いに歯を食いしばり、「うむ、うむ」と、うなりながら離れる一瞬の隙を探りあっている。

菊之助は天野との間合いを詰めながら、

「何故《なにゆえ》の所業だ。わけを申せ」

と、問うた。

「おぬし、何者だ？」

天野は問い返してくる。そのとき、「とりゃ！」という気合を発した勇三郎が、後ろに飛びすさって、脇構《わきがま》えになった。

「荒金さん、こやつら拙者の脅しが怖くて斬りに来たに違いありません」

「ええい、つべこべと」

忌々しそうにいった天野が灯籠の前に出てくるなり、袈裟《けさ》懸《が》けに斬り込んできた。菊之助は半身をひねってかわし、その片腕をつかみ取り、足払いをかけて地面にたたきつけ、相手の喉元に刀の切っ先をぴたりとつけた。

「うッ……」

天野は驚愕と恐怖に目を剝き、全身を凍らせた。

菊之助は冷え冷えとした目で、天野を見下ろした。

「背後から襲ってくるとは、卑怯千万《せんばん》。相手が公儀役人であろうが、斬り捨て勝手であるぞ。よくわきまえているのだろうな」

菊之助はいつにない厳しい口調で天野を威嚇《いかく》した。そのとき、勇三郎が新見と激しく撃ちあった。

「あわ」

　悲鳴ともつかぬ声をあげたのは、新見だった。左腕を斬られたのだ。そのまま逃げようとするのを、勇三郎が追い込んだ。

「八木さん、斬ってはなりません！」

菊之助の一喝《いっかつ》で、勇三郎の斬撃が途中で止まった。新見はその場にへたり込み、

「助けてくれ」

と、懇願した。斬られた左腕から血が噴きこぼれている。菊之助はその様子を目の端でたしかめた。死に至ることのない傷だとわかる。

「なぜ斬りかかってきた。わけを申してもらおう」

菊之助は刀を突きつけたまま天野に問うた。

「その八木という男がおれたちを脅して来たからだ。おれたちの世話料を強請り取ろうとしていたのだ」

菊之助は眉間に深いしわを刻んで、勇三郎を見た。

「それは違いますぞ、荒金さん。拙者はこやつらの悪事を咎《とが》めたに過ぎぬのです」

　勇三郎が弁解するようにいえば、

「詭弁《きべん》だッ」

と、天野がいい返した。菊之助はその天野を凝視した。

「どうであれ、背後から不意に撃ちかかってきたのに相違はない。ここで斬り捨ててもよいが、つまらぬことだ。……立て」

菊之助は刀を下げて、天野を立たせた。勇三郎が慌てた顔で、

「どうするつもりです」

と聞く。

「こんなところでつまらぬ刃傷沙汰を起こしても、何の得もありません。その者も放してやりましょう」

「そんな」

「いやいや。くだらぬ面倒はごめんです。しかし八木さん、この者たちの世話料をねだったというのはどうなのです」

「それは……」

勇三郎は苦虫《にがむし》を嚙みつぶしたような顔になった。つまり、強請ったのは事実らしい。

「脅されたことで人の命を狙うということは、貴公らにもやましいことがあるというわけだ。正道を貫いていれば、こんなくだらないことはしなかった。……そ

うであるな」

「それは……」

天野は悔しそうに唇を噛んだ。

「つまり、悪事が露見するのを恐れて口封じに来たというわけだ。この一件が表沙汰になれば、おそらく貴公らの首はつながらぬだろう」

「いや、それは……ちょっとお待ちを……」

天野は顔面蒼白になったばかりか、その場に膝をついて、

「さっきの一件はこのとおり謝る。どうか見逃してくれぬか。今後一切、咎められるようなことはせぬと約束いたす。何とぞ、何とぞお願いいたす」

そういって頭を下げる。

それを見た新見も、慌てたように頭を下げた。菊之助は勇三郎を見た。

「八木さん、そういうことです。なかったことにしたらいかがです。八木さんも今後邪《よこしま》な考えを起こさなければ、平穏無事でいられるのではありませんか」

「いや、それは……ま……」

言葉に詰まった勇三郎は、あきらめたようにため息をついて、わかりましたと応じた。

三

天野と新見は逃げるようにして田安稲荷を出ていった。それを見届けてから、菊之助と勇三郎も坂を下りた。勇三郎は気まずそうな顔をしている。

「八木さんが先だっていわれたのは、あの者たちのことだったのですね」

「いかにも」

「わたしは感心いたしません」

菊之助は厳しい表情でいう。

「は？」

「あの者たちもいただけませんが、八木さんがあの者たちの弱味につけ込んで、金をねだったことです。言葉は悪いが、浅ましい」

「いや、それは……」

「人は善人面しながら、心のなかで邪な別のことを考えることがままあります。相手のしくじりや落ち度に同情しつつ、内心で嘲笑《あざわら》う。人間のみにくい一面でしょう。しかし、それを表に出してしまえば、人品《じんぴん》を貶落とすことになります。貧しくても、恵まれていなくても、まっすぐ歩けばいいだけのことではありませんか。そうしなければ、いつの日か、きっと後悔することになると思うのです」

「いや、ごもっとも……」

「説教などしたくありませんが、卑怯にもケチな心を持ったばかりに命を落とすこともある。さっきの一件がそうではありませんか」

「はは、仰せのとおりです」

勇三郎は穴があったら入りたいという顔である。菊之助はため息をついてから、

「しかし、もう忘れましょう。わたしにはやることがある」

いって足を速めると、勇三郎が慌てたようについてきた。

「いや荒金さん、まことにもって恐縮の至りです。わたしは間違っておりました。もう二度とあのようなことはいたしませんので、どうかご内聞《ないぶん》にお願いできますか」

「その素直さを信じて、忘れます」

菊之助の豪気な言葉に、勇三郎はほっと安堵の吐息を漏らした。

「荒金さんには頭があがらなくなりました。わたしの上役にも荒金さんのような方がいればよいのだが……」

勇三郎はぺこぺこしながら菊之助についてゆく。

鎌倉河岸まで来てから菊之助は立ち止まった。

「八木さん、無理に付き合うことはありませんよ。別に突き放すつもりではありませんが……」

「足手まといだといわれればそれまでですが、お駒さんは一度は惚れた女です。その無念を晴らすために何か役立ちたいのです。わたしの至らなさで、荒金さんを危ない目にあわせてもいますし……」

菊之助は高い空を見あげた。風に流されている雲の下で、鳶が舞っていた。

「ならば、聞き込みに付き合ってもらいますか」

長崎屋のそばまで行ったとき、茶店の縁台から声がかかった。秀蔵が寛二郎らと休んでいるのだった。

「これへ」

秀蔵にいざなわれて、菊之助は隣に腰をおろした。

「どうだ。なにかわかったか」

菊之助が聞くのへ、秀蔵はしぶい顔をして大福に食いついた。それから茶を飲んで、胸をたたく。

「さっぱりだ。手掛かりの手の字もない。お駒が異人の絵描きの相手をしたのはたしかだが、それも五、六日のことだ。長崎屋にやってきたお駒は礼儀正しく、異人の絵描きにいわれるままおとなしくしていたそうだ。言葉がわからないから、いつも微笑んでいただけらしい。長崎屋の奉公人もお駒と言葉を交わした者は少ない」

「それじゃ長崎屋に、疑わしき者はいないというわけか」

「そういうことだ」

秀蔵は八木に目を向けた。この者はと、眉根を寄せた。

「森川内膳正さまの御家来・八木勇三郎さんだ。お駒を何度か見ておられる。そのとき、あやしげな者がいっしょにいなかったかと思ったのだが……」

「そんな者はいなかった」

「いえ、気づかなかっただけかもしれません」

勇三郎が口を添えた。

「……ふむ、しかたないな。それで萬石のほうはどうなのだ？」

「番頭と手代、それから下女から話を聞いた」

菊之助はそのことをざっと話し、手代の新助に引っかかりを覚えるので、牛山に見張らせているといった。

「そうか。よし、萬石のほうはもう少し探りを入れてくれ。おれはもう一度定斎殿をあたってみる」

「まだ疑っているのか?」

「無実だというはっきりした証拠がないのだ。まさか定斎殿だとは思わぬが、調べるだけ調べておかなければならない。それから寛二郎」

秀蔵は寛二郎をそばに呼んで指図をした。

「おまえはもう一度元飯田町の聞き込みをやってくれ。次郎を連れてゆくがいい」

「やるだけのことはやっていますが……」

「いいからもう一度やるんだ。聞き落としや見落としがあるやもしれぬからな」

その場でみんなはそれぞれの方角に散っていった。

新たなことがわかったのはこの直後だった。

四

それは菊之助が勇三郎とともに萬石に戻ってすぐだった。

暖簾をくぐろうとしたとき、

「荒金さん」

と、牛山が背後から声をかけてきた。

「いかがした？」

「ちょっとおかしなことがあります。あちらへ……」

牛山は萬石の外れまで行って、菊之助を振り返った。

「幸吉《こうきち》という奉公人がいるんですが、そやつがいうには、主の惣八と手代の新助がお駒のことで揉めたことがあるそうなんです」

「惣八と新助が……」

「幸吉は詳しいことはわからないといいますが、その揉めたというのが、お駒が店をやめたあとらしいのです」

菊之助はしばらく黙り込んで考えた。

「どういったことで揉めたか、それは新助か惣八に聞かなければなりませんが、惣八は出かけたまま帰ってこないし、新助は仕事で手が放せないのであとにしてくれといいます」

「……他の奉公人はどうなのだ？」

「いえ、話をしたのはその幸吉という者だけです」

「ちょっと様子を見よう」

菊之助は萬石を見張れる茶店に行って縁台に腰をおろした。

このあたりは米問屋が目立つが、その他にも茶問屋や呉服屋もある。商家の店先には大八車が置かれ、車力《しやりき》が地べたに座って煙草を喫《の》んでいる。大きな行李《こうり》を背中に背負った行商が行き交い、数人の侍が肩で風を切って歩いていた。

菊之助はそんな町の様子を見るともなしに見て考えた。下女のおけいのいった言葉がいまになって引っかかってきた。お駒をねたむ愚痴だと聞き流していたが、おけいは主の惣八はケチなくせにお駒に小遣いをやったり、娘のような扱いをしていたようなことをいった。

また、惣八はお駒を店の看板娘にしている。

「お駒はすんなりやめさせてもらったのか……」

疑問を口にすると、牛山がどういうことだと聞いた。菊之助は引っかかりを覚えたことをそのまま話した。牛山と勇三郎は真剣な顔で耳を傾けた。

「それに、お駒は店をやめても、惣八が請人となって借りた長屋に住んでいた……」

「店の主の親切で家を借りてもらったとしても、店をやめる際にはその家を出るのがあたりまえではないでしょうか」

牛山がいう。

「お駒さんは主の惣八にも他の奉公人にも可愛がってもらっていたのですね。よくしてくれている店なら、お駒さんもやめることはなかったのではありませんか」

勇三郎がもっともらしい顔をしていった。

いちいちうなずく菊之助は、何かわかりかけてきたような気がするが、まだまとまりがつかなかった。ただ、主の惣八と手代の新助が、お駒をめぐって揉めたということに、大きな引っかかりを覚える。

いったいどんなことで揉めたというのか……。

手っ取り早く二人に問い質《ただ》すべきだろうが、菊之助のその気持ちに何かが待ったをかけている。

「荒金さん、どうされるんです。主の惣八か、手代を問い質したらいかがです。こうなったらはっきりさせるべきではありませんか」

牛山がじれったそうな顔を向けてきた。

「いや、もし惣八か新助が下手人だとしても、何の証拠もないのだ。白《しら》を切られたらそれで終わりだ」

「問い詰めて白状させるのです」

「下手人がまったく違う人間だったらどうする」

「それは……」

牛山は口をつぐんだあとで、幸江が仲違いしていなければ、何か知っていたはずなのにと、つぶやいた。そのとき、萬石の表に手代の新助が現れ、大八車に荷を積んでいた車力に、手許の帳簿を見ながらあれこれと指図をはじめた。

「あれ、あの男……」

ぽかんとした顔でつぶやきを漏らしたのは勇三郎だった。

「いかがされた？」

菊之助は勇三郎を怪訝そうに見た。勇三郎の目は新助に注がれたままだ。

「あやつ、何度か見たことがある」

「どこで見られました？」

聞くのは牛山だった。

「うむ、俎橋の近くとこおろぎ橋の上だ」

菊之助ははっと目を瞠った。勇三郎のなかで眠っていた記憶が、とうの本人を見たことで蘇ったのかもしれない。

「八木さん、それはたしかですな」

菊之助が聞くと、勇三郎はもう一度新助を眺めて、

「……いや、見た。あの男だ。一度か二度はお駒さんを見かけたときです。そうです、いまになって思い出しましたよ。あの男、なかなか女にもてそうな顔つきなので、忘れはしません」

と、確信ありげにいう。

菊之助は大八車のそばにいる新助に視線を戻した。新助は手代である。元飯田町に用事があって行ったということは大いに考えられる。しかし、勇三郎がお駒を見かけたときに、新助を見ているというのは無視できない。ひょっとすると、他の者にも見られているのではないかと思ったとき、いつも柳の下の縁台に腰掛

けているお米を思い出した。

菊之助はやおら腰をあげると、萬石に足を進めた。新助から指図を受けた車力が大八車を押して歩きはじめた。見送っていた新助が、近づいてくる菊之助を見て顔をこわばらせた。

「やあ、新助。精が出るな」

菊之助は飄々《ひょうひょう》とした足取りで新助に近づいた。

「少し暇をもらえないか」

「今度は何でございましょう」

「大事なことがあるんだ。なに、ちょっと近くまでついてきてくれるだけでいい。どうしても手が放せないというなら、あらためて付き合ってもらうことになるが、結局のところ、いまもあとも同じなのだが……」

菊之助は相手を安心させるような笑みを浮かべていうが、新助の表情は硬いままだ。

「……すぐに終わりますか？」

「造作《ぞうさ》ないことだ」

新助は「それじゃ」と、しぶしぶ折れた。

五

新助を連れて後戻りすると、茶店にいた勇三郎と牛山が合流した。そのことで新助の顔が引きつった。

「……い、いったいどういうことで」

声まで震える始末だ。だが、菊之助は黙って歩いた。そのことがかえって威圧になるのか、新助はますます心細そうな顔をする。

竜閑橋《りゅうかん》を渡り、鎌倉河岸に入った。

「新助、嘘をいってはためにならぬぞ」

菊之助がぼそりというと、

「は……」

と、新助が緊張の声を漏らす。

「おまえと主の惣八は、お駒をめぐって揉めたことがあったそうだな」

「あれは……」

菊之助は新助に顔を振り向けた。

「大したことではありません」

「大したことではないのに揉めたのか……。ま、いいだろう。……おまえはずいぶんお駒の面倒を見ていたそうだが、お駒がやめて淋しかっただろう」

「そんなことは……別に……」

「そう冷たいことをいうな。正直にいえばいいだろう」

菊之助は誘い水を向けたが、新助は口をつぐみつづけた。しかし、お堀沿いに歩くうちに気が気でなくなったのか、どこへ行くのですかと訊ねる。菊之助はもうすぐだとしか答えない。

俎橋を渡って元飯田町に入った。堀川の水はいつものように穏やかで、青い空を映している。菊之助はこおろぎ橋のほうに目を向けた。

柳の下にある縁台に、お米がぼんやりと腰掛けていた。菊之助はまっすぐお米に近づいて、声をかけた。お米はゆっくり顔を振り向けてから、

「……なんだ、またあんたかい？」

といったあとで、勇三郎、牛山、そして新助を眺めた。だが、興味なさそうにかさついた頬をこすって、今日はなんだいと訊ねる。

「この男は本石町にある搗き米屋の手代で新助というが、このあたりで見かけた

ことはないかい」

菊之助が新助を紹介していうと、

「知ってるよ」

と、お米はあっさり答えた。色男は忘れられないからねと付け足し、前歯のない口を開けて、ふがふがと笑う。

「それは、お駒が殺される前のことだな」

「は？」

菊之助はもう一度声を張って同じことをいった。お米の耳が悪いのは、以前会ったときにわかっていた。

「ああ、そうだよ。ときどきこの辺で見かけたよ」

「そのとき、お駒がそばにいなかったか？」

「そんなこともあったねえ」

菊之助は厳しい目を新助に向けた。

「このあたりには店の用事か何かで来たのか？」

「あ、はい。……たまに掛け取りで……」

「それはどこだ？」

新助は明らかに狼狽《ろうばい》していた。いろいろです、と苦しそうにいう。

「お駒に会いに来たんじゃないだろうな」

「いえ、それはありません」

菊之助は青ざめている新助を凝視した。この場で問い詰めようかどうしようかと考えたあとで、

「よし、いいだろう。おまえの仕事の邪魔をしては悪い。店まで送ってやろう」

と、新助の背中を押してきびすを返した。牛山がどうするのですと、気に食わなそうにいうが、菊之助はついてこいといっただけで、萬石に引き返した。

萬石に戻ると、帳場にいた番頭に断って客間にあげてもらった。もちろん新助を同席させる。主の惣八はまだ戻っていなかった。

「いったい何事でございます？」

番頭が額に蚯蚓《みみず》のようなしわを走らせて聞くのへ、菊之助は質問を返した。

「ちょいと調べ物があるのだが、この店は元飯田町に取り引きをしている店や家があるかね」

「元飯田町……。いいえ、うちは竜閑川の手前までとなっております。川の向こうは別の店が請け負う取り決めですので……」

菊之助は新助を見た。

「そういうことらしい。新助、おまえはさっき、お駒が住んでいた元飯田町に掛け取りに行ったといった。ひとつ嘘をついたな」

「そ、それは……」

新助は揃えた膝の上に置いた手を震わせた。

「お米婆さんは、おまえがお駒のそばにいたのを見ている。そして、ここにいる八木さんもおまえをあの界隈で見ている。さらに、おまえはお駒をめぐって主の惣八と揉め事を起こしてもいる。……どういうことだ。何もおまえを下手人だといっているのではない。また、おまえに後ろめたいことがなければ、正直にいえるはずだ」

「新助、正直にいわぬと、おれは黙っておらぬぞ！」

勇三郎が声を荒らげると、新助はぶるっと肩を揺すって震えあがった。

「わ、わたしは……」

新助はゴクッと生つばを呑んだ。

「惣八と揉めたのはいったいどんなことだ」

菊之助が言葉を重ねると、新助は大きく嘆息《たんそく》して、蚊の鳴くような声で申しますといってつづけた。

「わたしはお駒を殺してなどおりません。ですが、お駒に惚れておりました。店にやってきたときから、わたしはお駒を気に入り、それで何かと面倒を見ておりました。ですが、お駒にはまったくその気はありません。何度も口説こうとしたのですが、いつもするりとかわされるばかりでした。店をやめるときも引き止めたのですが、どうしてもいやだと申します。なぜだとわけを聞けば……」

「いったいなんの騒ぎです」

新助を遮ったのは主の惣八だった。

六

「これはよいところへ帰ってきた。主、ちょうど話がしたいところだったのだ」

憤然とした顔で客間の前に立つ惣八に、菊之助は笑みを向けた。

「話とはいったいなんです。お駒の件ならすでに何もかも話してあるはずです」

「たしかに主からは聞いた。だが、ほかの奉公人からは聞いていなかったのだ。それでちょいと話を聞かせてもらったところ、面白いことになってな」

惣八は客間に入ってきて、憮然《ぶぜん》と口を引き結んで新助のそばに座った。

「主、おぬしにもあらためて聞きたいことがあるが、まずは新助の話のつづきを聞かねばならぬ。新助」

菊之助がうながすと、新助はさっきのつづきを話しはじめた。

「お駒は旦那さんがいやになったといいました」

その言葉に、隣に座ったばかりの惣八がギョッとなった。

「新助、おまえはいったい何をいい出すのだ」

「主、おぬしの話はあとだ。新助つづけてくれ」

「はい、それで何がいやになったのだと聞けば、猫なで声でしつこく近づいてくるのがいやだといいます。ただ、それだけでやめることはないだろうといったのですが、お駒はそれ以上のことはいいませんでした」

「何もいわなかった……」

「いいにくいことがあったのだと思います」

「それで、お駒をめぐって主の惣八と揉めたらしいが、どういうわけだ」

「あれは……」

新助は惣八を気にしつつ、すぐにつづけた。

「わたしがお駒に渡そうと思っていた文を旦那さまが見つけられたからです」

「……恋文だったというわけか」

新助はうなずいて言葉を足した。

「こんな文を何度もお駒に渡していたのだろう。だからお駒はいやになって店をやめたのだと咎められました。わたしは人のものを勝手に見た旦那さまに腹を立てて、少しいい返しただけです。揉めたといえば大袈裟ですが、ほかの奉公人にはそう見られたかもしれません」

「主、なぜ新助の文などを見た？」

菊之助は憤然とした顔で、あらぬ方を見ていた惣八に問うた。惣八は暑くもないのに、扇子を取りだして落ち着きなくあおいだ。

「……気になったからです。新助は何度もお駒にいい寄っていました。だから、そんなこともあろうかと思って、見つけたのです」

「焼き餅か……」

菊之助がぽつんというと、惣八は扇子をあおぐのをやめて閉じた。

「主、教えてもらいたいことがある。お駒を雇う際に、お駒の器量のよさに負けたといったな。それから、こっそり小遣いを渡してもいたらしいな。気前よく家を借りてやったことは、前に聞いたが、おぬしはずいぶんお駒に入れ込んでいたようだ」

「……いったい何をいいたいのです」

「お駒が店をやめても、借りてやった長屋に住まわせていたのだし、新助に焼き餅を焼いて、こっそり恋文まで見つけている」

「だから何だというんです？」

「お駒が殺されたのは雨の晩だった。あれは待宵《まつよい》だったはずだ。あの晩、おまえさんはどこにいた？」

待宵とは、八月十四日の夜のことで、翌日の名月を待つ晩の意味である。

「あの晩……」

惣八の顔がこわばった。

「そうだ。教えてもらいたい」

「旦那さんはあの日の夕方出かけておられます」

いったのは新助だった。さらにたたみかけるようにつづける。

「強い雨が降っておりましたので、こんな日にどこへお出かけですかと聞けば、おまえにいちいち教えることはないと、怖い顔でにらまれたので覚えているんです」

「帰りは何刻ごろだった？」

「五つ半（午後九時）過ぎでした。少しお酔いでしたが……」

「主、どこへ出かけた」

菊之助は惣八をにらむように見た。

「鎌倉町の〈根岸《ねぎし》屋〉という店で飲んでいただけです」

「ほう、よく覚えているな」

この言葉に、惣八は顔色を変え、怒ったように応じた。

「お駒が殺された晩のことです」

「お駒を訪ねたのではあるまいな。おぬしはお駒にかなり入れ込んでいた。お駒を自分のものにしようと、あの手この手を使ったが、お駒は折れてくれなかった。お駒が店をやめたわけは、猫なで声で近づいてくるおぬしに愛想をつかしたからだと、さっき新助が申した。家を借りてやり、ときどき小遣いを渡し、看板娘として可愛がっていたのに、お駒は結局自分になびいてくれなかった。だから、可愛さあまって手にかけた」

「な、なんということを……それじゃ、わたしがまるで下手人ではありませんか」

「そう慌てるな。単なるわたしの推量だ。邪推なら邪推だと思えばいい。ところで、お駒が殺された晩に行った店は根岸屋といったな。八木さん、申し訳ないが鎌倉町の根岸屋に行ってたしかめて来てもらえませんか。口裏合わせがあってはならないので、その辺の真偽をよく見極めていただきたい」

「承知しました。なに、嘘はいわせませんよ」

勇三郎が萬石を出てゆくと、菊之助はゆっくり茶に口をつけた。

「主、商売の邪魔をして悪いな。だが、これはおまえさんが大事にしていたお駒のことだ。悪く思わないでくれ。小半刻もせず、はっきりするはずだ。ゆっくり待たせてもらおう。しかし、根岸屋には店を出てまっすぐ行ったのかね」

「いえ、その前に近所を歩いておりました。あれこれ考えることがありましたので……」

太っている惣八は汗かきなのか、手拭いで首筋をぬぐった。

「雨が降っていたのに、近所を歩いていた。……この店を出たのはいつだ？」

「もう薄暗くなっておりましたが、夕七つ（午後四時）ごろだったと思います」

「根岸屋に行ったのは？」

「……六つ半（午後七時）は過ぎていましたでしょうか。いやその辺のことは、はっきりとは……」

「すると、一刻半（三時間）も雨のなかを歩いていたことになるな。ま、八木さんが戻ってくるのを待とう」

客間に重苦しい沈黙が下りた。

惣八は明らかに落ち着きをなくしていた。暗くなったので、番頭が行灯をつけた。表を見ると、もう夕暮れである。

客の出入りがあったが、すべて番頭が仕切って用をすませた。あとは下女のおけいが茶を差し替えにやってきたぐらいで、みんなはほとんど口を利かなかった。

八木勇三郎が戻ってきたのは、菊之助が新しい茶に口をつけてすぐのことだった。

「荒金さん、この主のいうことに嘘はないようです。根岸屋の者は萬石の主が来たといっております。ちょいと脅しをかけましたが、偽りはないようで……」

勇三郎の報告に、惣八はふっと安堵の吐息をついた。

「これでおわかりでしょう。さあ、こんなところで油を売っていないで、早く下手人を捜してください。まったく、不愉快なことです」

　惣八は早く帰ってくれといわんばかりの口調で、菊之助たちより早く腰をあげた。

「ちょいと待ちな」

　と、新しい声が客間の前でした。土間に五郎七と寛二郎を連れた秀蔵が立っていた。

「おいおい、みんな雁首《がんくび》揃えて、こんなところでどうした。これは丁度いい具合じゃねえか」

　秀蔵はみんなを眺めまわしてから、断りもなくあがりこんできた。そのままどっかりと座り、何を話していたのだと菊之助を見る。

「旦那、お駒の下手人捜しですが、ここにいても無駄です。話ならよそで聞いていただけませんか」

　惣八が不快感を露《あら》わにしていうと、秀蔵がにらみ返した。

「そうはいかねえ。おまえに折り入って話があるからやってきたのだ。だが、その前におまえたちの話を聞こうじゃねえか」

　秀蔵は惣八から菊之助たちに顔を戻した。

　菊之助は大まかではあるが、それまでのやり取りをわかりやすく話した。秀蔵は口の端に笑みを湛《たた》え、楽しそうに聞いていた。

「なるほど、そういうことかい。それじゃ惣八への疑いは晴れたということか」

そういった秀蔵は、すっと笑みを消して、厳しい目つきで惣八を見据えた。

「それにしても悪いことはできねえな。惣八よ。おめえさんはよっぽどお駒が可愛かったんだろう。可愛いあまりに、憎しみも強くなったというわけだ」

「何をおっしゃりたいのです」

「おめえが下手人だからだよ」

「い、いったい、何の証拠《あかし》があってそんなことを……」

惣八の顔から余裕の色が消えた。

「証拠だと。この野郎、よくもぬかしやがる。たしかに死人に口なしだが、殺されたお駒はただじゃ死んでいなかったぜ」

「どういうことでしょう……」

「白を切りてェだろうが……」

秀蔵はそういって、手代の新助と番頭を見た。これじゃわからないかもしれねえと独り言をいって、店にいる奉公人を集めるように新助にいいつけた。

すぐに三人の奉公人と、下女のおけいが客間にやってきて隅に座った。秀蔵は一同を見まわしてから口を開いた。

「主の惣八は見てのとおり洒落者《しゃれもの》だ。煙草入れも印籠《いんろう》もちゃんと帯に差している。それも安物じゃなさそうだ。お駒が殺された晩も、惣八は同じような恰好をして出かけたはずだ。どうだ？」

惣八は血の気をなくした顔になっていた。

「着物は違いますが、印籠も扇子も煙草入れも持って出かけておられます」

いったのは新助だった。自分が支度の手伝いをしたから覚えているという。

「ほう、するとこれもあったわけだ」

秀蔵はさっと手を袖に差し入れてから、バンと畳をたたいた。その手があげられると、小さな猿の根付《ねつけ》が現れた。根付は、煙草入れや矢立て、あるいは印籠などを紐で帯から吊るして、持ち歩くときに用いる留め具である。

惣八の目が点になっていた。

「お駒の持ち物をあらためなおして、気になったものだ。おれがお駒の死体を見たのは運ばれた番屋だったが、これはお駒の死体の下に転がっていたそうだ。これに覚えはないか……」

惣八は目を見開いたまま、息を止めていた。

「そ、それは旦那さまの印籠についていた根付です。どこかで失《な》くしてしまったから取り替えてくれと頼まれたことがありました」

いったのは幸吉という奉公人だった。

「それはいつのことだ？」

「……お駒が殺されたことを知ったあとです。たしか二、三日後だったと思います」

秀蔵は惣八に目を戻した。

「惣八、お駒の家にこの根付があった。それもお駒が殺された翌朝のことだ。おまえはお駒を思いどおりにすることができなかった。思いどおりにできなければ、力ずくでもお駒を自分のものにしようと思った。だが、お駒は……」

「わ、わたしは……」

惣八が泣きそうな顔で声を漏らした。

「こ、殺すつもりなどなかったんです。あのときは何が何やらわからず、お駒が大声をあげようとしたので……」

「それで首を絞めてしまった。そういうわけか……」

惣八はその場に突っ伏して、肩を震わせた。

菊之助はその姿を冷め切った目で眺めた。

「寛二郎、こやつに縄を打って、引っ立てぇィ！」

秀蔵が凜《りん》とした声を張った。

七

お駒殺しについての罪状を、何もかも惣八が白状してから十日がたっていた。秋は深まりを見せ、江戸の町にも枯れ葉が舞うようになっていた。

秀蔵はいつものように菊之助の助働きに感謝したが、八木勇三郎や牛山にも礼をいって褒めることを忘れなかった。もっとも、勇三郎は少なからず菊之助に説教されていたので、面映《おもは》ゆい顔をしていたが……。

その日は心地よい陽気であった。菊之助とお志津は日当たりのよい座敷で向かい合って座っていた。

お志津は菊之助が読んだばかりの手紙に目を通している。手紙の差出人は、牛山弓彦だった。

「まあ、幸江さんはお嫁入りが決まったのですね」

お志津が手紙から顔をあげていう。

「相手は商家の跡取りらしいが、よい縁談だろう」

「きっと幸せになれますわ。……牛山さんは長崎に向かっておられるのですね」

お志津はそういいながら手紙を読み進める。

八王子を発《た》った牛山は、中山道《なかせんどう》の塩尻《しおじり》に着いてから手紙を出していた。きっといまごろは、美濃《みの》あたりではないだろうかと、菊之助は湯呑みを持ったまま、高く晴れている空をあおぐ。長崎で医術を学ぶという牛山のいきいきした顔が、瞼の裏に浮かぶ。

「あら、こんなことを……」

お志津はそういって口許をゆるめ、つづけた。

「いくつもの橋を渡ってきましたが、なぜかこおろぎ橋を思い出してしまいます。わたしにとってあの橋は、感慨深い橋となりました。……つぎに江戸に行くときには、またあの橋に行ってみたいと思います。……人っていろんなことを思うのですね」

お志津は手紙を読み終えると、丁寧に畳んでから菊之助に返した。

「立派なお医者になられるといいですね」

「そうなってもらわなければ困る」

「幸江さんもきっと幸せになられるでしょうからね」

「そうだな……」

菊之助は茶に口をつけた。子供たちの歌う童歌《わらべうた》が表でしていた。何とも平穏で、のどかな午後である。

――かごめかごめ籠の中の鳥は……。

――鶴と亀とすべった……。

唱和ごとに、子供たちの無邪気な笑い声がしていた。

そこへパタパタと、忙しそうな雪駄の音が近づいてきて、家のなかに次郎が飛び込んできた。血相変えた顔で、大変です、大変ですという。

「いったいどうしたというんだ」

「井戸端でおそねさんと、おつねさんが取っ組み合いの喧嘩をおっ始めたんですよ。おいらじゃどうしようもねえんで、菊さんなんとか止めてくれよ」

「まったく、この長屋の女房連中ときたら……」

「早く早く、尋常じゃないんだ」

「あ、わかった、わかった」

どうせいつものいがみ合いだと思いながらも、菊之助は腰をあげた。

「菊さん、おてやわらかに頼みますよ」

お志津も慣れっこだから、慌てはしない。

「わかってるよ。それにしても、この長屋の連中は元気がいい」

菊之助はそういって、表に出た。

まぶしい午後の日射しが、その身を心地よくつつんだ。

二〇〇九年十二月　光文社文庫刊

光文社文庫

長編時代小説
こおろぎ橋《ばし》　研《と》ぎ師《し》人情《にんじょう》始末《しまつ》(十三)　決定版
著者　稲《いな》葉《ば》　稔《みのる》

2021年8月20日　初版1刷発行

発行者　鈴木広和
印刷　堀内印刷
製本　フォーネット社

発行所　株式会社　光文社
〒112-8011　東京都文京区音羽1-16-6
電話　(03)5395-8149　編集部
8116　書籍販売部
8125　業務部

ISBN978-4-334-79235-0　Printed in Japan

組版　萩原印刷